채널 마스터

CHANNEL MASTER

채널마스터 7
CHANNEL MASTER

한태민 현대 판타지 장편소설

초판 1쇄 찍은 날 | 2018년 6월 18일
초판 1쇄 펴낸 날 | 2018년 6월 25일

지은이 | 한태민
펴낸이 | 예경원

기획 | 위시북스
편집책임 | 이규재
편집 | 이즈플러스

펴낸곳 | 예원북스
등록번호 | 제396-2012-000132호
등록일자 | 2012. 7. 25
KFN | 제1-274호

주소 | 경기도 고양시 일산동구 호수로 646-24 위너스21 II 빌딩 206A호 (우)10401
전화 | 031-819-9431 팩스 | 031-817-9432
E-mail | yewonbooks@naver.com

ISBN 979-11-6098-986-1 04810
     979-11-6098-760-7 (set)

채널마스터

⑦ CHANNEL MASTER

WISHBOOKS MODERN FANTASY STORY

한태민 현대 판타지 장편소설

Wish Books

채널마스터
CHANNEL MASTER

CONTENTS

CHAPTER
1

전설의 등장이었다.

에릭 클랩튼(Eric Clapton), 그의 등장에 시끄럽게 굴던 리암 갤러거마저 입을 꽉 다물고 있었다.

에릭 클랩튼은 한수를 바라봤다.

사우스뱅크 센터의 협회장 조셉에게 이야기를 들었다.

슬쩍 호기심이 들었지만 호기심 정도로 치부해 뒀다.

그런데 오늘 BBC에서 방송 중인 걸 보고 생각이 바뀌었다.

특히 그가 오아시스의 노래를 따라 부르거나 자신의 노래를 따라 부르는 모습을 보며 무조건 만나야겠다는 생각을 하게 됐다.

그래서 실제로 본 그는 생각보다 더 어려 보였다.

에릭 클랩튼이 한수를 보며 물었다.

"한스? 올해 몇 살인가?"

"올해 스물네 살입니다."

"……생각했던 것보다 훨씬 더 어리군."

에릭 클랩튼은 믿어지지 않는다는 얼굴로 한수를 쳐다봤다.

그는 오늘 정말 다양한 기타 주법을 선보였다.

또, 그 하나하나는 정말 시대에 남은 그런 가수들의 것이었다.

한편으로는 최근 가장 선풍적인 인기를 끌고 있는 에드 시런을 따라 한 것도 있었다.

물론 어느 누군가가 그 모든 기타 주법을 펼쳐낼 수 있는 건 불가능한 일은 아니다.

노력 여하에 따라 충분히 가능한 일이다.

하지만 에릭 클랩튼이 보기에 한수는 기타를 잡은 지 얼마 되지 않은 상태였다.

길어봤자 1년 남짓 정도로 예상이 되었다.

그런데도 저렇게 다양한 주법으로 연주가 가능하다는 건 납득이 되지 않는 상황이었다.

정말 천재거나 혹은 외계인이거나.

둘 중 하나를 강하게 의심해 봐야 했다.

노래도 마찬가지였다.

특히 이곳에 도착했을 무렵 에릭 클랩튼은 똑똑히 들을 수 있었다.

한수가 부르는 「Don't Look Back In Anger」를 말이다.

그리고 그 목소리가 리암 갤러거의 형 노엘 갤러거를 무척 닮아 있다는 것도 알 수 있었다.

한마디로 한수가 오늘 보여준 모습은 설명이 되지 않는 기이한 현상이었다.

만약 그에게 '음악의 신'이 내린 게 아니라면 납득이 불가능한 일이었다.

에릭 클랩튼은 복잡한 심정이 담긴 눈으로 한수를 바라봤다.

어떻게 그게 가능한 걸까?

그러나 물어본다고 한들 그가 대답할리 없었다.

만약 천재여서 그렇게 되었다면 설명을 해달라고 해도 설명할 수 없을 테고 외계인이라면 자신의 비밀을 절대 밝히려 하지 않을 터였다.

그렇다 보니 막상 여기까지 오긴 했지만, 마땅히 할 말이 없었다.

그렇게 두 명의 전설은 끙끙 속앓이만 한 채 한수에게 별달리 말을 꺼내지 못하는 중이었다.

그때 지연이 한수를 보며 물었다.

"오후에도 버스킹 마저 할 거야?"

"음, 하는 게 낫지 않을까? 뭐, 낮에 번 것만 해도 충분하긴 하지만 그래도 애초에 여기 온 건 버스킹을 하기 위해서였잖아. 그렇다면 계속 노래를 부르는 게 맞겠지?"

"응. 알았어, 언제부터 하려고?"

"오후 세 시쯤? 그때부터 두 시간 정도 하고 야경 보러 갈까?"

"야경? 좋지. 런던 아이를 제대로 보고 말 거야! 아, 빅밴도 봐야지. 여기까지 왔는데 관광지 한두 개는 보고 가야지."

"그건 그렇지."

한수가 고개를 끄덕였다.

무려 열두 시간 비행기를 타고 이동한 뒤에야 여기 도착할 수 있었다.

그래놓고 한 건 창문 너머로 런던 아이를 본 것뿐이었다.

나머지는 촬영, 촬영, 촬영들로만 가득했다. 솔직히 말해서 억울한 것도 없지 않아 있었다. 어쨌거나 두 사람은 속아서 여기까지 온 것이었다.

비행기 티켓을 갑자기 불쑥 끊어뒀으리라고는 생각지도 못했었으니까.

그때 당한 일을 생각하면 어떤 식으로든 복수를 해야 했다. 그러나 지금 두 사람에게는 마이크가 달려 있었다.

마이크를 단 상태로는 무슨 이야기를 하든 소용이 없었다.

일단 쉐이크쉑 버거를 다 먹은 뒤 한수가 에릭 클랩튼과 리암 갤러거를 번갈아 바라보며 물었다.

"이제 저는 조금 쉬었다가 버스킹하러 갈 건데 두 분은 어떻게 하실 거예요? 제게 묻고 싶은 말이 있으면 지금 해주세요. 곧 버스킹을 또 해야 하니까요."

에릭 클랩튼이 한수를 바라보며 입을 열었다.

"혹시 신청곡도 받나?"

"예? 시, 신청곡요?"

"그래. 자네가 어떤 노래든 따라 부를 수 있다면 그 노래도 가능하지 않을까 싶어서 말이야."

"어떤 노래를 말씀하시는 거죠?"

"정확히 말하면 노래보다는 자네의 기타 실력을 보고 싶은 거긴 하지만 말이야. 내 기타를 빌려줄 테니까 한번 보여주겠나?"

"예? 뭐라고요?"

"내 기타를 빌려줄 테니 한번 연주를 해주게."

에릭 클랩튼은 그를 쫓아온 운전기사에게 부탁을 해왔고 운전기사는 트렁크에서 기타 케이스를 하나를 가져왔다.

에릭 클랩튼이 한수에게 건넨 기타는 스트라토캐스터 (Stratocaster)였다. 팬더사의 일렉트릭 기타 제품 중 하나로 줄여서 스트랫이라고도 불리는 기타다.

세계에서 가장 알려져 있는 기타 중 하나로 일반인들이 일렉 기타 하면 떠올리는 이미지이기도 하다.

지미 헨드릭스를 비롯한 수많은 거장이 애용해 온 기타로 기타의 신 지미 헨드릭스뿐만 아니라 블루스의 신 스티비 레이 본, 데이빗 길모어, 에릭 클랩튼, 조지 해리슨, 제프 백 등 수많은 기타리스트들이 이 기타를 써왔다.

에릭 클랩튼이 한수에게 건넨 기타는 그런 기타들 가운데 하나였다. 사실 보다 더 특별한 의미를 담고 있는 기타이기도 했다.

그가 70세 기념 콘서트 때 썼던 기타였기 때문이다.

한수는 에릭 클랩튼이 건넨 기타를 받아들었다.

에릭 클랩튼이 웃으며 말했다.

"내가 보고 싶은 건 지미 헨드릭스의 연주야. 「Purple Haze」를 들려줄 수 있겠나?"

"뭐, 신청곡을 안 받는 건 아니니까요. 알겠습니다. 기꺼이 해드리죠."

한수는 「Pop Nostalgia」에서 지미 헨드릭스의 라이브 무대 공연도 본 적이 있었다. 당시 이빨로 연주를 하던 지미 헨드릭스의 퍼포먼스는 충격 그 자체였다.

어쨌든 에릭 클랩튼의 신청을 받아들인 뒤 한수는 지연과 함께 다시 아까 전 버스킹을 했던 장소로 향했다.

무대와 가장 가까운 자리를 꽤 많은 사람이 이미 차지하고 앉아 있었다.

개중에는 꽤 오래전부터 자리에 앉아 기다린 사람들도 있는 모양이었다. 아마도 제작진들이 무대를 세팅하고 있으니 또 버스킹을 하는가 보다 생각하고 몰려든 것 같았다.

그렇게 세팅된 무대에 한수와 지연이 들어섰다.

그러자 앞서 앉아 있던 사람들이 일어서서 박수를 쏟아 보냈다.

한수가 고개를 꾸벅 숙였다.

그리고 재차 기타를 세팅할 때였다.

황 피디가 한수에게 다가와서 물었다.

"에릭 클랩튼이 지미 헨드릭스의 노래를 신청했다고 들었습니다. 사실인가요?"

"예, 맞아요."

"연주하실 건가요?"

"신청곡을 안 받는다는 말은 안 했으니까요. 해도 문제없지 않을까요?"

"음, 바로 할 건 아니죠?"

"왜요? 늦춰주길 바라세요?"

"예, 촬영 끝나갈 때쯤 불러줬으면 싶어서요. 괜찮을까요?"

"어려운 건 아니죠. 알았어요, 물론 에릭 클랩튼은 피디님이 설득하세요. 제가 굳이 아쉬운 말을 하고 싶진 않거든요."

"그럼요. 그건 제게 맡겨주세요. 두 번째 버스킹도 잘 부탁합니다."

"문제 될 일은 없을 거예요."

한수가 환하게 웃었다.

코벤트 가든은 평소보다 몇 배 더 많은 사람으로 북적거리고 있었다.

그렇다 보니 곳곳에서 사람들로 인해 치이고 있었다.

한수는 천천히 숨을 가다듬었다.

에릭 클랩튼한테는 황 피디가 설명을 해뒀을 터였다.

일단 애초에 듀엣으로 온 만큼 두세 곡 정도는 듀엣 팝송을 부를 생각이었다.

셋리스트는 어제 정해뒀고 두 사람은 분위기에 맞게 노래를 선정했다.

첫 번째 곡은 Pink 앨범 The Truth About Love에 수록된 「Just Give Me A Reason(Feat. Nate Ruess)」이었다.

이 노래는 Pink와 밴드 fun.의 보컬 Nate Ruess의 듀엣곡으로 한동안 빌보드 차트 상위권에 꾸준히 올라있던 노래이기도 했다.

Right from the start, you were a thief.
시작할 때부터 넌 도둑이었어

먼저 지연이 노래를 부르기 시작했다. 어쩌면 이 노래는 그녀하고 어울리지 않을지도 몰랐다.

이 노래의 원곡 가수인 Pink의 목소리는 파워풀한 반면에 지연의 목소리는 보다 더 서정적이고 부드러웠기 때문이다.

그러나 지연은 아까 전 한수가 보여준 모습에 자극을 받았는지 셋리스트에 포함시켰던 노래 가운데 이 노래를 선뜻 선택했다.

그렇게 지연은 평소보다 더 파워풀하게 노래를 불렀고 어느 정도 노래를 살려내기 시작했다.

한수는 그런 지연을 보며 입가에 미소를 그렸다. 이곳으로 버스킹을 하러 온 게 그녀에게도 적지 않은 자극이 되어주고 있는 듯했다.

그렇게 첫 곡이 끝난 뒤 그들은 계속해서 노래를 불렀다.

에릭 클랩튼과 리암 갤러거는 그들이 부르는 절묘한 하모니를 들으며 눈을 반짝반짝 빛냈다.

어떻게 저게 가능한 건지는 알 수 없지만 둘 다 확실히 특별한 재능을 갖고 있었다. 그리고 생각보다 두 사람의 듀엣은 특별했다.

처음에만 해도 조금 투박하게 느꼈지만 노래를 부르면 부를수록 서로 조화를 이루고 있었다.

가만히 노래를 듣던 리암 갤러거가 에릭 클랩튼을 보며 물었다.

"영감, 진짜 지미 헨드릭스가 치는 기타를 보고 싶어서 여기까지 온 겁니까?"

"그것도 있고 저 젊은 기타리스트가 얼마나 대단한 재능을 갖고 있는지 호기심이 생겨서 온 것이기도 하네."

"그래서 영감이 보기엔 어떻습니까?"

"자네 생각하고 똑같지."

"하여간 능구렁이 같기는."

"하하, 그보다 더 아가씨도 정말 노래를 잘 부르는군. 영어가 익숙하지 않은 탓에 감성을 제대로 실지 못하는 게 아쉽긴 해도 이 정도면 정말 훌륭하군."

"그렇긴 하죠. 아마 둘 다 남한이었나 북한이었나, 어쨌든 자기 나라에서는 꽤 유명한 가수겠죠."

"그럴 테지."

"그보다 영감이 신청한 노래는 왜 안 부르는 겁니까?"

"한국에서 왔다는 피디가 그 노래는 비방용으로 써야 할 것 같다고 마지막에 불러도 괜찮겠냐고 해서 말이야."

"비방용이요? 방송에 내보내지 않겠다는 건가요? 이유는 뭐라고 하던가요?"

"노래 제목인 Purple Haze가 마약과 관련이 있다고 징계를 받을 수 있다고 하더군. 지미는 그게 필립 호세 파머의 공상 과학소설에서 영향을 받았다고 이야기를 했는데 말이지."

"……뭐, 마약이라는 생각이 들 수도 있겠죠."

Purple Haze는 산도즈라는 회사에서 파는 심홍색 캡슐에 든 LSD를 일컫는다.

실제로 사전을 검색해 봐도 마리화나, 대마초가 연관검색 어로 뜰 정도다.

어쨌든 위험부담을 지기 싫어서 그렇게 결정을 내렸다고 하니 천하의 에릭 클랩튼도 그 말을 따를 수밖에 없었다.

어쩔 수 없는 일이었다.

자신이 요구한 일인 만큼 그들의 의견을 최대한 수용할 필요가 있었다. 그러는 동안 순식간에 시간이 지나갔다.

듀엣으로 함께 세 곡을 부른 다음 지연이 두 곡 정도를 더 불렀다. 그리고 난 뒤 한수가 지연 뒤를 이어 솔로로 노래를 부르기 시작했다.

개중에는 백스트리트 보이즈(Backstreet Boys)의 노래도 있었다. 그리고 시간이 여섯 시를 향해 갈 무렵 한수가 자신의 기타를 내려놓았다.

그런 다음 에릭 클랩튼이 그에게 건넨 기타를 꺼내들었다. 그제야 에릭 클랩튼이 눈을 빛내며 한수에게 가까이 다가왔다.

리암 갤러거도 호기심 어린 얼굴로 한수를 바라보기 시작했다.

에릭 클랩튼이 원하는 지미 핸드릭스의 연주.

과연 한수는 그 연주를 그대로 이 자리에서 펼쳐보일 수 있을까?

온갖 생각이 머릿속을 가득 채우고 있는 가운데 한수의 기타 연주가 시작됐다.

처음에만 해도 한수가 기타를 내려놓았을 때 사람들은 오늘의 버스킹이 모두 끝난 줄 알았다.

그러나 그가 새로운 기타를 꺼내들자 다들 자리를 지키고 자리에 섰다. 아무래도 버스킹은 아직 끝나지 않은 듯했다.

그때였다.

빰빠빰빠─

강렬한 일렉트릭 사운드와 함께 연주가 시작됐다.

에릭 클랩튼은 처음 지미 핸드릭스를 만났을 때를 떠올렸다.

당시 그는 크림에 속해 있었다. 크림은 3인조 밴드로 2년 정도 활동했던 밴드였다.

그러나 크림은 2년 동안 활동하며 세계 최초로 플래티넘 앨범(100만 장 이상 팔린 앨범), 「휠스 오브 파이어(Wheels of fire」를 발표한 밴드였다.

구성원은 진저 베이커(Ginger Baker), 잭 브루스(Jack Bruce), 그리고 에릭 클랩튼이었는데 진저 베이커는 드럼의 마왕이라 불렸던 인물이고 잭 브루스는 베이스의 에이스로 평가받았다.

실제로 잭 브루스는 다른 악기를 받쳐주는 리듬악기에 불과한 베이스기타의 영역을 확대시킨 입지전적인 인물로 2014년 10월 25일 향년 71세에 숨을 거뒀을 때 "바흐가 다시 태어나 베이스를 위해 작곡을 한다면 잭 브루스 같은 것이다."라는 헌사를 받았다.

그렇게 크림에 속해 있을 때 투어차 미국으로 떠났던 애니멀스(Animals)의 베이시스트였던 채스 챈들러(Chas Chandler)가 흑인 기타리스트의 매니저임을 자청하며 그들에게 데려왔었다.

그 날이 바로 지미 헨드릭스를 처음 만난 날이었다.

그때 지미 헨드릭스가 처음 에릭 클랩튼을 비롯한 크림 멤버들을 보며 꺼낸 말이 잼(즉흥합주)을 하고 싶다는 것이었다.

에릭 클랩튼은 두 곡 정도 연주하고 싶다는 지미 헨드릭스를 보며 괜찮다고 대답했지만 속으로는 별 미친놈을 다 보겠네, 라는 생각을 하고 있었다.

그러나 당시 지미 헨드릭스가 허락을 받자마자 무대 위로 올라가서 연주한 건 하울링 울프의 「킬링 플로어(Killing Floor)」였는데 강렬한 일렉트릭 사운드가 돋보이는, 기상천외한 스타일이었다.

그러나 에릭 클랩튼은 그의 연주를 제대로 쫓아가지 못했다. 너무나도 생소한 노래였고 또 엄청난 울림이었기 때문이다.

그리고 또 한 명의 천재 기타리스트가 관객석에서 지미 헨드릭스를 보며 감탄을 토해냈는데 그가 바로 제프 벡(Jeff Beck)이었다.

그 이후 지미 헨드릭스는 베이시스트로 노엘 레딩(Noel Redding), 드러머로 미치 미첼(Mitch Mitcheel)을 영입하며 지미 헨드릭스 익스피리언스(Jimi Hendrix Experience)를 결성하였고 에릭 클랩튼은 그 이후로도 그와 꾸준히 음악적인 교류를 나눴다.

지미 헨드릭스는 그 후 정규 앨범을 발표하며 영국 차트 2위까지 올랐고 캘리포니아로 건너가서는 몬트레이 팝 페스터빌에서는 기타에 기름을 붓고 불을 붙이는 퍼포먼스를 선보이며 일약 전설이 되었다.

그러나 그것도 한순간일 뿐 그는 1970년 런던의 스마르칸트 호텔에서 시체로 발견되었다.

그의 나이 겨우 만 27세일 때였다.

그 날 이후 에릭 클랩튼은 그의 무대를 라이브로 다시는 볼 수 없었다.

격렬한 그 울림과 엄청난 사운드도, 격렬히 아밍을 하던 그 퍼포먼스도, 와우 페달, 퍼즈 박스 등의 이펙터를 적절히 사용하는 것도 그리고 그 특유의 뒤틀리고 늘어지는 주법까지.

그 모습을 라이브로 보고 싶었다.

그리고 지금 그 모습을 젊은 동양인이 저 자리에서 재현하려 하고 있었다.

드럼은 없지만 강렬한 일렉트릭 사운드가 좌중을 휘어잡았다. 그와 함께 썩 훌륭치 않던 보컬이 터져 나왔다.

사람들이 웅성거렸다. 이건 그동안 그들이 듣던 한수의 보컬 실력이 아니었다. 하지만 기타 실력만큼은 어마어마했다.

게다가 한수는 기타를 자유자재로 가지고 놀고 있었다. 마치 누군가에게 빙의된 것처럼 어마어마했다. 그것도 잠시 한수가 이빨로 기타 현을 긁기 시작했다.

에릭 클랩튼은 그 모습을 보며 눈을 휘둥그레 떴다.

'미쳤군. 내가 드디어 죽으려는 건가?'

헛것이 보이는 것 같았다.

저 동양인에게 아프로 머리를 한 채 콧수염을 기른 지미 헨드릭스의 얼굴이 겹쳐 보이고 있었다.

에릭 클랩튼이 옆에 서 있는 리암 갤러거를 보며 물었다.

"리암, 지금 내가 보고 있는 게 꿈인가?"

"영감, 가짜가 아닙니다. 진짜가 맞아요."

"……하하, 살아생전에 지미의 모습을 다시 볼 수 있을 줄이야."

"쉿! 저 코리안 보이는 내가 먼저 눈독을 들였습니다. 영감이라 해도 건드리면 가만 안 둘게요."

"눈독을 들였다고?"

"저놈을 데리고 다시 오아시스를 결성할 겁니다. 그 감자놈 한번 엿 좀 먹어보라지."

"오아시스를?"

에릭 클랩튼은 리암 갤러거가 생각하는 것을 알 수 있었다.

지금 한수는 어느 누구로도 탈바꿈이 가능했다.

아까 전 한수가 부른 「Don't Look Back In Anger」.

그건 분명히 노엘 갤러거의 목소리였다.

앙숙이나 다름없는 두 형제가 화해하지 않은 이상 노엘 갤러거가 이 자리에서 노래를 부를 리는 없을 테니 한수가 불렀다고 봐야 했다.

그렇다는 건 리암 갤러거는 지금 노엘 갤러거의 자리만 한수로 대체하려 하는 게 분명했다.

"그건 말도 안 되는 짓이야. 노엘은 기타 실력뿐만 아니라 작곡 실력도 남다르기 그지없었어. 저 아이가 작곡도 노엘만큼 할 수 있을 거라고 생각하나?"

"까짓것 작곡은 내가 하면 됩니다."

"……욕심을 버리게, 리암. 저 아이는 노엘이 아니야. 한스일 뿐이지."

"그런 분이 지미 헨드릭스의 연주를 청했단 말입니까?"

에릭 클랩튼이 그 말에 얼굴을 붉혔다.

리암 갤러거의 직설적인 말에 그도 할 말이 없었다. 그러는 사이 사람들을 열광시킨 한수의 3분 20초짜리 연주가 끝이 났다.

그제야 한수는 기타를 내려놓았다. 한 대에 수 억 원을 호가하는 에릭 클랩튼의 70세 기념 콘서트에 쓴 기타가 너덜너덜해져 있었다.

아까 전 했던 이빨 연주 때문이었다.

"미안합니다, 미스터 클랩튼. 기타가 조금 망가졌어요."

한수에게 기타를 건네받은 에릭 클랩튼이 이곳저곳을 둘러보더니 그 기타를 다시 한수에게 건넸다.

한수가 의아한 얼굴로 에릭 클랩튼을 쳐다봤다.

"예?"

"자네가 갖게. 정말 보고 싶었던 그 사람을 다시 볼 수 있게 해줬으니 자네가 갖는 게 맞겠지."

"그러나 이건……."

한수도 알고 있었다.

게다가 그는「Pop Nostalgia」채널에서 그의 70세 기념 무대를 본 적도 있었다. 그만큼 에릭 클랩튼이 이 기타를 얼마나 아끼는지도 잘 알고 있었다.

"자네면 이 기타를 가질 자격이 충분하지. 그렇지 않나? 리암?"

"쳇, 나하고는 상관없죠. 그보다 이 녀석한테 눈독 들이지 마십시오."

"눈독은 무슨."

그러나 에릭 클랩튼의 눈빛은 묘한 열망에 일렁이고 있었다. 그걸 눈치채지 못할 리암 갤러거가 아니었다.

한편 한수가 보여준 퍼포먼스 때문에 사람들은 경악을 금치 못하고 있었다.

방금 전까지만 해도 어쿠스틱 풍의 잔잔한 노래를 부르던 그가 이렇게 위협적으로 들리는 노래를 부르고 연주를 할지는 생각지도 못한 것이었다.

그러나 그들도 느끼고 있었다.

한수에게서 묘한 일렁거림이 느껴진다는 것을.

"한스라고 했나?"

"강한수입니다만 그게 편하시면 그렇게 부르셔도 좋습니다. 미스터 클랩튼."

"에릭이라고 부르게. 자네는 나를 에릭이라 부를 자격이 있어."

"쳇, 영감. 이쯤하고 돌아가는 게 어떻습니까? 살아봤자 얼마나 더 산다고 이 아이를 끼고 살려 하는 겁니까?"

"나는 그에게서 지미를 봤네. 그뿐만 아니라 내 모습도 봤고 제프 벡의 모습도 봤지. 아마 제프도 이 자리에 있었으면 깜짝 놀랐을 거야."

에릭 클랩튼의 목소리에서도 열망을 느낄 수 있었다.

그때 한수가 그들을 번갈아 보며 말했다.

"무슨 말씀들을 하시는 거죠?"

"한스, 자네는 위대한 기타리스트가 될 자질을 갖고 있네. 나와 함께 가야 돼. 내가 친구들을 만나게 해주지."

"친구들요?"

"지미 페이지와 제프 벡도 자네를 보면 무척 반가워할 거야. 스티비도 그렇고."

한수는 그가 명명하는 이름들을 보며 혀를 내둘렀다.

지미 페이지(Jimmy Page)나 제프 벡(Jeff Beck)은 에릭 클랩튼과 더불어 세계 3대 기타리스트라고 손꼽히는 사람들이었다.

또한 스티비는 스티비 윈우드(Steve Winwood)를 가리키는 듯했는데 그 역시 음악인 중의 음악인이라 불리는 아티스트로 15살에 스펜서 데이비스 그룹(The Spencer Davis Group)에 보컬과 피아노로 참여했으며 그 이후 몇몇 그룹을 거치다가 솔로 활동을 시작했고 네 번째 발표한 앨범에 수록된 첫 번째 싱글 「Higher Love」로 빌보드 싱글차트 1위를 정복하게 된다.

지미 페이지나 제프 벡은 그 커리어를 거론하는 것만으로도 수십 페이지를 써내려 갈 수 있을 만큼 말이 필요 없는 사람들이었다.

게다가 그들 두 명을 만날 수 있다는 건 곧 전설적인 밴드 야드버즈(Yardbirds)의 멤버들을 실물로 만나볼 수 있게 된다는 의미였다.

그때 리암 갤러거가 에릭 클랩튼을 가로막으며 말했다.

"그럴 수는 없죠. 제가 왜 이곳까지 달려왔는데요? 다 이 애송이 때문입니다. F***, 이러게 저 방송국 놈들 차량을 죄다 부숴야 했어. 어쨌든 이놈은 제가 데려갈 겁니다."

"그 아이가 작곡을 잘한다는 보장이 있나? 그런 보장도 없는데 어째서 그 아이를 데려가려 하지?"

"저, 저기요."

한수가 또다시 말다툼을 하려 하는 두 사람을 번갈아 바라보다가 입을 열었다.

"죄송하지만 저는 방송 촬영 때문에 이곳에 온 겁니다. 그리고 내일 런던에서 한 번 더, 모레는 브라이튼에서 버스킹을 한 뒤 다시 귀국할 겁니다. 저는 녹화해야 할 프로그램이 몇 개 더 있어서 매우 바쁘거든요. 그러니까 두 분 중 어느 분에게도 갈 수 없습니다."

"자네는 위대한 기타리스트가 될 자질이 있다니까?"

"인마! 너는 나와 함께 가야 돼!"

졸지에 두 사람이 한수를 양쪽에서 붙잡은 채 안간힘을 쓰기 시작했다. 에릭 클랩튼의 기타를 든 채 한수는 이러지도 저러지도 못하고 있었다.

그럴 때였다. 시끌벅적하던 코벤트 가든에 카메라를 든 기자들이 이곳으로 밀물 듯이 밀려오기 시작했다.

그들뿐만이 아니었다. 곳곳에서 아우성이 터져 나오고 있었다.

"무슨 일이야?"

"뭔데 저 난리야?"

비명과 함께 자지러지는 소리가 연거푸 들렸다. 누군가를 연호하는 목소리도 있었다.

"에드!"

"에드!"

'설마⋯⋯.'

한수는 모골을 송연케 하는 긴장감에 눈매를 좁혔다. 설마하니 에드 시런(Ed Sheeran)까지 여기 온 건 아니겠지, 하는 생각이 들었다.

그뿐만이 아니었다. 곳곳에서 유명인사들이 속속 이곳으로 몰려오고 있었다.

개중에는 뮤즈(Muse)의 메튜 벨라미(Matthew Bellamy)와 크리스 볼첸홈(Chris Wolstenholme)도 있었고 U2의 보컬리스트 보노(Bono)도 있었다.

"일단 자리를 피하는 게 낫겠군."

"그건 저도 동감하는 바입니다."

두 사람도 묘한 징후를 느꼈다.

그들만 한수를 지켜본 게 아니었다. 런던에 멀리 떨어져 있어서 뒤늦게 온 것일 뿐 다른 뮤지션들도 이곳으로 속속 모여들고 있는 중이었다.

황 피디도 뒤늦게 상황을 파악하고는 입을 쩍 벌린 채 한수를 바라봤다.

무슨 버스킹 한 번 한 건데 세계적인 뮤지션들이 그를 보기 위해 이곳으로 모여든단 말인가.

믿기지 않는 일이었다. 한수는 한국에서는 아직 가수로 인정받지 못하고 있었다. 실제로 그가 지연과 함께 발매한 앨범도 평론가들의 평은 호의적이었지만 대중들의 시선은 싸늘했다.

한수의 노래 실력은 인정하지만 지연에게 업혀간 게 아닌가 하는 의견이 다수였다. 또, 그런 의견을 주장하는 건 지연의 남성 팬인 경우가 유독 많았다.

그러나 만약 오늘 이 사건이 한국에도 알려진다면?

그들은 어떤 생각을 하게 될까?

그때도 한수가 지연에게 업혀간 것이라고 비방하게 될까?

황 피디는 특종을 잡았다고 생각하며 한수와 에릭 클랩튼, 리암 갤러거를 바쁘게 쫓기 시작했다.

그때였다. 에릭 클랩튼과 리암 갤러거가 주변을 두리번거리며 이곳을 벗어나려 할 때 한수 앞을 막아선 남자가 있었다.

그가 한수를 보며 반갑게 인사를 건넸다.

"반가워. 내가 누군지 알지? F***, 그 표정은 뭔데? 설마 모르는 건 아니겠지? 그건 그렇고 너 노래 잘하더라? 그 새끼를 보는 줄 알았다니까. 어쨌든 내가 보컬리스트를 한 명 구하는 중인데……."

그 순간 리암 갤러거가 고개를 돌렸고 그와 닮은 사내가 인상을 구겼다.

"F***, 네가 왜 여기 있는 건데? F****, F****, F***!"

"감자 새끼야. 너는 왜 여기 있는 건데! F***."

서로가 서로를 노려보며 욕지거리를 내뱉는 형제들을 보며 한수는 말없이 한숨을 내쉬었다.

리암 갤러거에 이어 노엘 갤러거까지 이 난장판에 합류한 것이었다.

닮은 듯 닮지 않은 두 사람을 보며 한수는 고개를 내저었다.

두 사람은 만나자마자 말다툼을 하고 있었다.

"감자 새끼야! 뭘 주워 먹으려고 온 건지는 모르겠지만 얘는 내 거라고. 꺼져."

"네가 작곡·작사를 할 수 있겠어? 뭐 하러 얘를 데려간다는 건데?"

"그건 네가 상관할 바가 아니거든? 어쨌든 얘는 내가 점찍었으니까 꺼지라고! F***."

"고음도 안 되는 주제에 얘를 데려가겠다고? 돼지목에 진주목걸이를 걸어줄 일이 있겠어?"

노엘 갤러거와 리암 갤러거가 서로를 노려봤다.

두 사람은 단번에 서로가 노리는 바를 알 수 있었다.

그들은 견원지간인 것처럼 서로를 향해 대놓고 적대적인 태도를 보이고 있었다.

한편 에릭 클랩튼은 멋쩍은 얼굴로 골칫덩어리 형제를 바라봤다.

야드버즈나 크림, 비틀즈 못지 않은 위대한 밴드였고 또 그보다 더 위대해질 수도 있었는데 해체해 버린 그룹 오아시스 (Oasis)의 멤버들.

2009년 8월 23일 노엘 갤러거가 밴드를 탈퇴하며 오아시스라는 밴드가 해체됐을 때 그 역시 적지 않은 충격을 받아야 했다.

하필이면 2008년 발매한 7집 「Dig Out Your Soul」이 평단으로부터 호평을 받고 미국 시장에서 5위를 기록하면서 전 세계적으로 160만 장의 판매고를 기록하였고 동시에 오아시스가 전성기 때 기량을 회복했다는 이야기를 들었기 때문에 더욱더 아쉬운 일이었다.

노엘 갤러거와 리암 갤러거는 서로 물과 기름처럼 섞이지 않는 사이였지만 이 형제의 음악만큼은 충분히 인정받을 만했다.

한편 갤러거 형제가 앙숙처럼 다투는 사이 속속 유명인사들이 이곳으로 몰려들었다.

하는 수없이 한수는 지연을 데리고 코벤트 가든을 빠져나가기 시작했다.

이런 난장판에 괜히 휩쓸리고 싶은 생각은 없었다. 어차피 그들이 자신을 향해 쏟아낼 이야기는 뻔했다. 어떻게 그게 가능하냐고 물어볼 게 뻔했고 그 모든 걸 말이 되게 설명하는 건 애초에 불가능한 것이었다.

그럴 바에는 차라리 모른 척 사라지는 게 편할 터였다. 자신을 세션으로 영입하려 한다고 해도 애초에 한수는 누군가의 그룹 안에 들어가고 싶은 생각이 없었다.

한국 활동만으로도 벅찬데 외국 활동을 한다고?

말이 안 되는 이야기였다.

그는 에릭 클랩튼이 준 기타를 옆구리에 낀 다음 지연의 손을 붙잡았다. 갑작스럽게 손을 잡아버린 한수의 행동에 지연이 양 볼을 빨갛게 물들인 채 당황한 얼굴로 그를 쳐다봤다.

"어? 왜……."

"빨리 튀자."

"어? 잠깐만. 뭐? 튀, 튀자고?"

"응, 이랬다가는 난장판이 될 게 뻔해."

한수가 지금 국면을 둘러봤다. 난장판이 될 게 뻔한 게 아니라 이미 난장판이 되어 있었다.

사람들이 저마다 스마트폰을 들고 동영상을 찍는 사이 갤러거 형제는 멱살을 안 잡은 게 다행이라 생각될 정도로 서로 독설을 내뱉고 있었고 에릭 클랩튼은 그런 갤러거 형제를 보며 혀를 차고 있었다.

저 멀리 「Pop Nostalgia」에서 봤던 유명인사들이 줄줄이 이곳으로 몰려오는 모습이 보였다.

그들을 둘러싼 팬들의 환호성이 귀를 따갑게 했다.

에드 시런, 보노, 메튜 벨라미 등 굵직굵직한 유명인사들의 이름이 곳곳에서 연호되고 있었다.

'적당히 실력을 숨길 걸 그랬어.'

유명세를 타는 건 나쁘지 않은 일이다.

지금도 한수의 명성 수치가 꾸준히 오르고 있는 중이었다.

물론 그 수치가 엄청 많은 건 아니었다.

이들 대부분 한수의 이름을 모르고 있기 때문이다. 만약 한수의 이름을 알고 있다면 명성 수치가 급증했겠지만 그들에게 한수는 코벤트 가든에서 버스킹 중인 동양인 남성 보컬리스트 겸 기타리스트였다.

'이름을 밝힐 걸 그랬나?'

그것도 잠시 한수는 지연을 데리고 바쁘게 코벤트 가든을 빠져나가기 시작했다.

뒤늦게 그것을 안 에릭 클랩튼이 그 뒤를 쫓으려 했다.

하지만 너무 많은 인파 때문에 몸을 움직이기가 어려웠다.

그래도 에릭 클랩튼은 그를 쫓아온 리무진 기사가 있었다.

그는 다급히 리무진 기사에게 한수 뒤를 쫓게 하였다. 여기서 한수를 놓칠 수는 없는 일이었다.

지미 헨드릭스의 그 황홀한 기타 연주를 완벽하게 보여준 청년이었다. 무조건 붙잡아야 했다.

그리고 지미 페이지와 제프 벡, 스티비 윈우드에게 그를 소개하고 싶었다.

우리의 뒤를 이어줄 천재 기타리스트를 찾아냈다고. 그러나 에릭 클랩튼과 달리 갤러거 형제는 서로 다툼을 벌이느라 한수가 이미 내뺀 걸 알지 못했다.

두 사람이 뒤늦게 한수가 사라진 걸 알게 된 건 3분 정도가 지난 뒤였다.

그들은 멍한 얼굴로 서로를 쳐다보다가 뒤늦게 현장을 둘러봤다.

한수도, 지연도, 한국에서 왔다는 방송 팀도 보이질 않았다. 졸지에 닭 쫓던 개가 지붕 쳐다보는 신세가 되어버리고 말았다.

"미친! F***, 에리……."

다급히 리암 갤러거가 에릭 클랩튼을 찾았지만, 그 역시 자리에 없었다.

아마도 그는 진즉에 그들을 쫓아간 게 틀림없었다.

결국, 리암 갤러거의 분노가 엉뚱한 곳에 꽂혔다.

그가 노엘 갤러거를 노려보며 소리를 질렀다.

"이 개자식아! 너 때문이잖아. F***!"

"뭐라고? 죽고 싶어?"

"이 빌어먹을 놈의 감자 같으니라고. 으아아아아!"

리암이 포효하며 자리를 빠져나가기 시작했다.

점점 더 인파가 몰리고 있었다. 자칫 잘못하다가는 여기 모여들고 있는 인파에 휩쓸릴지도 몰랐다. 그리고 그런 건 딱 질색이었다.

리암이 떠나자 노엘도 자리를 옮겼다.

「Noel Gallagher's High Flying Brids」로 솔로 활동 중인 그는 최근 다시 밴드를 꾸릴 생각을 하고 있었다.

물론 오아시스를 재결합한다거나 하는 생각은 하지 않았다.

그러기엔 리암과 쌓인 감정의 앙금이 너무 많았다. 그랬기에 그는 새로운 밴드를 결성할 생각을 하고 있었고 실제로 쓸만한 드러머와 베이스는 어느 정도 윤곽을 잡아가는 중이었다.

문제는 보컬리스트였다. 그가 원하는 목소리는 전성기 시절의 리암이었다. 그렇지만 그런 목소리를 쉽게 구할 수 있을 리가 없었다.

그래서 반쯤 포기하고 직접 노래를 부를까도 생각 중이었는데 오늘 리암의 전성기 시절과 똑같은 목소리를 만난 것이었다.

하지만 오랜만에 만난 리암과 다투다가 그만 그 목소리를 놓치고 말았다. 노엘은 이를 갈았다. 생각할수록 열이 뻗치는 것 같았다. 하지만 그는 낙담하지 않았다.

아예 없는 것보다는 나았다. 어차피 또 언젠가는 만날 수 있게 될 터였다. 그 정도 실력자라면 분명히 세계에 이름을 널

리 떨치게 될 게 분명하기 때문이다.

노엘은 바쁘게 자리를 벗어났다. 카메라맨과 함께 속속 들어서는 리포터들이 곳곳에 보이고 있었다.

한수가 지연을 끌고 향한 곳은 런던 아이였다.

그들은 워털루 브릿지를 건넌 다음 곧장 런던 아이로 향했다. 그 뒤를 촬영팀과 에릭 클랩튼이 붙인 리무진 기사가 바삐 쫓고 있었다.

하지만 어느샌가 촬영팀도 인파에 묻혀 그들을 쫓지 못했고 촬영팀 뒤를 따르던 리무진 기사마저 그들을 놓쳐버리고 말았다.

이미 해는 한참 전에 떨어진 뒤였고 멀리서부터 보이는 런던 아이는 빨갛게 빛을 내뿜고 있었다. 그리고 템즈강을 유람선 몇 대가 거슬러 올라가는 중이었다.

런던 아이를 향해 걸으며 한수와 지연은 군데군데 설치되어 있는 새빨간 전화 부스를 볼 수 있었다.

외국에 나와 있다는 게 다시 한번 실감이 났다. 그때 지연이 한수를 빤히 보며 물었다.

"왜 여기로 온 거야?"

"응? 아, 번거로운 일에 휘말리고 싶지 않았거든."

"번거로운 일이라고? 기타리스트, 아니, 뮤지션이라면 누구나 만나고 싶어 할 사람들이잖아! 그리고 그 사람들이 너하고 얼마나 대화하고 싶어 했는지 못 봤어? 누구나 원할 기회라고!"

"그래봤자 에릭은 나를 제자로 삼고 싶어 하는 눈치고 리암이나 노엘은 나하고 밴드를 결성하고 싶어 하는데 그게 가능할 거라고 생각해?"

"왜? 어려울 건 없잖아. 네 능력이면……."

한수가 고개를 저었다.

"몇십 년 전이라면 가능할 수도 있지. 오아시스의 멤버라…… 생각만 해도 온몸에 소름이 돋을 정도야. 그러나 이미 시간이 너무 많이 흘렀어. 에릭은 올해 일흔네 살이고 노엘이나 리암도 쉰이 다 되어가. 그들과 나의 음악적인 견해가 적합하게 맞아떨어지리란 보장은 전혀 없다고."

"……그건 그럴 거 같아."

지연도 미처 생각하지 못한 부분이었다.

에릭 클랩튼도, 리암 갤러거도, 노엘 갤러거도 레전드들이다.

그들과 함께 공연하는 건 경이로운 일임이 맞다. 하지만 그들과 한수는 같은 세대가 아니다. 게다가 음악은 빠른 속도로 변하고 있다.

한때 세계적으로 유행했던 재즈도 점점 어려워지면서 대중들에게 멀어졌고 재즈가 쇠퇴하는 대신 록이 전 세계 젊은 세대의 문화를 표현하는 방법으로 자리 잡으며 급속도로 퍼져 나가게 됐다.

그러나 지금은 EDM(Electronic Dance Music)이 유행하고 있으며 힙합(Hip Hop)도 대중들 사이에 깊이 녹아들었다.

게다가 그들과 함께 있어봤자 골치 아픈 영국 언론들과 파파라치에 시달리게 될 게 뻔했다.

한국에서도 점점 유명세에 시달리고 있는데 외국에 나와서까지 시달리고 싶은 생각은 전혀 없었다.

"됐어. 이 이야기는 그만하자."

"촬영팀은…… 알았어. 잠깐만, 나 연락 오는데?"

"누군데?"

"황 피디님. 전화…… 받지 말까?"

갑작스러운 지연의 말에 한수가 눈을 휘둥그레 떴다.

"어? 정말?"

"응. 갑자기 네 말 들으니까 방해받기 싫어졌어. 헤헤."

"……그래. 뭐, 안 받아도 상관없겠지. 애초에 우리를 속여서 여기까지 데려온 것도 황 피디님이잖아."

"어. 맞아! 그럼 더욱더 받으면 안 되겠다."

한수는 지연과 웃으며 거리를 걷다가 런던 아이 앞으로 다가갔다. 그가 지연을 바라보며 물었다.

"어때? 탈까?"

"……무섭지 않을까?"

"에이, 설마. 저 봐. 사람들 많이 타네."

새로운 캡슐이 도착할 때마다 스무 명 정도 되는 사람들이 그 캡슐 안으로 들어가고 있었다. 그리고 빙글빙글 돌아가는 런던 아이는 이곳 런던 전역을 둘러볼 수 있게 해주고 있었다.

"알았어. 한번 타보자."

두 사람은 가격을 확인했다. 성인 1인당 가격은 32파운드였다. 한화로 치면 대략 5만 5천 원쯤 되는 돈이었다.

두 사람은 지연이 들고 온 기타 케이스 안을 확인했다. 그 안에는 정말 많은 돈이 수북히 쌓여 있었다. 아까 전 버스킹을 하면서 관중에게서 받은 돈이었다.

그것을 보며 한수가 멋쩍은 목소리로 말했다.

"그거 들고 오느라 안 힘들었어?"

"난 기타가 들은 줄 알았는데…… 돈이 들어 있을 줄은 몰랐어."

"하하, 이거 다 합치면…… 장난 아니겠는데?"

"일단 정산은 이따 숙소 가서 하고. 65파운드 정도만 꺼내면 되겠지?"

"응."

그리고 두 사람도 대기 중인 줄 뒤에 가서 섰다.

그렇게 십여 분쯤 기다렸을 때 사람들이 새로 도착한 캡슐에 줄지어 타기 시작했다. 그리고 또다시 도착한 새로운 캡슐에 두 사람이 올라탔을 때였다.

그들 뒤로 줄을 서 있는 사람들이 더 이상 없었다.

"마지막 손님이시군요. 커플이신가요? 두 분 모두 운이 좋네요. 그럼 출발합니다."

런던 아이의 관리자가 캡슐 문을 닫았다. 운이 좋게도 그들 두 명이 마지막 손님이었다. 천천히 런던 아이가 회전하기 시작했다. 한수와 지연이 어색한 얼굴로 대화를 주고받았다.

"설마 둘이서만 타게 될 줄은 몰랐네."

"이거…… 몇 분 도는 거야?"

"어, 삼십 분 정도? 그렇게 알고 있어."

"……꽤 기네."

어색한 분위기 속에 한수가 지연을 보며 물었다.

"기타라도 칠까?"

"나는 기타 없는데?"

"괜찮아. 나 혼자 치면 돼."

그리고 한수는 자리에 앉은 뒤 에릭 클랩튼이 그에게 건넨 기타를 연주하기 시작했다.

아까 전 지미 헨드릭스의 연주를 재현한 탓에 상태가 조금 불량하긴 했지만 나름대로 훌륭한 연주가 흘러나오기 시작했다.

한수가 치기 시작한 기타 연주곡은 휴대폰 광고음악에도 삽입된 적이 있는 Andy Mckee의 「Rylynn」이었다.

그리고 한수가 연주하는 부드럽고 감미로운 기타 소리에 지연의 얼굴이 붉게 달아올랐다.

게다가 어째서인지 자신과 한수 단 두 명밖에 없는 이곳이 유독 좁게 느껴지고 있었다. 또한, 아까 전 버스킹을 할 때부터 느낀 것이지만 점점 더 한수가 커다랗게 보이고 있었다.

런던 아이의 캡슐이 꼭대기에 멈춰 섰을 때 두 사람은 반짝반짝 빛나는 런던의 근사한 야경을 볼 수 있었다. 저 멀리 황금빛으로 빛나는 빅 밴과 국회의사당이 눈에 들어왔다.

"와, 예쁘다."

마치 밤하늘에 촘촘히 박힌 채 반짝반짝 빛나는 별들이 발아래 가득 깔려 있는 느낌이었다.

한수도 야경을 돌아보며 입가에 미소를 그렸다. 오늘 있던 소란과 별개로 이곳 야경은 눈부시기 이를 데 없었다.

어째서 사람들이 휴가 때만 되면 외국 여행을 떠나는지 알 것 같았다. 이국적인 이 풍경을 보고 싶어서일 테다.

그러는 사이 정상에 멈춰 섰던 런던 아이가 스리슬쩍 다시 내려가기 시작했다.

한수가 기타 몇 곡을 치면서 어색한 분위기는 조금 가라앉았지만 지연은 여전히 적지 않게 부끄러움을 타고 있었다.

남자하고 단둘이 캡슐 안에 있는 것 때문일까? 어쩌면 그 남자가 한수여서일지도 몰랐다.

"황 피디님한테 연락 또 왔어. 받아야겠지?"

"음, 그래야겠지?"

이제라도 슬슬 제작진과 연락을 취할 필요가 있었다. 엄청 걱정하고 있을 게 분명했다. 한수가 전화를 대신 받았다.

－여보세요? 지연 씨! 저예요!

"피디님, 저입니다."

－한수 씨, 지금 도대체 어디인 겁니까! 왜 전화를 안 받는 거죠?

"죄송합니다. 제 휴대폰은 배터리가 다 떨어졌고 워낙 북새통이어서 지연이도 전화가 오는지 몰랐다고 하네요."

－지연 씨는요? 별일 없는 거죠?

"예, 제 옆에 있어요."

－옆이요? 지, 지금 어디시죠?

한수가 빅 밴을 바라보며 대답했다.

"런던 아이에서 야경을 보고 있었어요. 아까 버스킹하러 가기 전에 말씀드렸잖아요. 버스킹 끝나고 야경 보러 간다고요."

－그, 그건 알고 있지만…… 지금 상황이 얼마나 복잡해졌

는지 모르실 겁니다.

한수는 그 말에 고개를 갸웃거리며 물었다.

"예? 무슨 일 있나요?"

―에, 에릭 클랩튼 씨의 운전기사께서 명함을 주고 가셨습니다. 에릭 클랩튼 씨가 꼭 한수 씨를 보고 싶어 한다고 하더군요. 그뿐만이 아닙니다. 조금 전에는 노엘 씨에게서도 연락이 왔습니다. 한수 씨를 당장 내놓으라고 하더군요.

"……생각보다 두 분 모두 집요하네요."

―네? 이게 끝이 아니에요. 리암 갤러거, 에드 시런, 보노, 메튜 벨라미, 데이비드 길모어에 폴 매카트니 경까지…… 다들 한수 씨를 찾고 있다고요!

한수는 황 피디 입에서 나오는 기라성 같은 스타들 이름에 혀를 내둘렀다.

리암 갤러거나 에드 시런, 보노, 메튜 벨라미는 그렇다 치고 데이비드 길모어에 폴 매카트니 경까지 등장할지는 예상치 못한 일이었다.

데이비드 길모어(David Gilmour)는 핑크 플로이드(Pink Floyd)의 기타리스트이자 보컬리스트였다. 핑크 플로이드는 영국의 전설적인 프로그레시브 록 밴드로 로큰롤 명예의 전당 헌액자이기도 했다.

폴 매카트니 경(Sir Paul McCartney)은 말이 필요 없는 비틀즈

(THE BEATLES)의 전 멤버로 대중음악 역사상 최고의 천재로 평가받을 뿐만 아니라 역사상 가장 성공한 작곡가다.

황 피디가 저렇게 기겁하는 것이 이해가 되었다. 황 피디 역시 「싱앤트립」이라는 프로그램을 제작할 만큼 음악을 사랑하는 것으로 알고 있었다.

그런 그에게 저런 전설들이 연락을 해왔으니 그로서도 미치고 환장할 지경이었을 것이다. 게다가 그것뿐만이 아니었다.

-한수 씨, 일단 지금 바로 숙소로 와주십시오! 급히 의논해야 할 일이 있습니다.

"알겠습니다. 곧장 가겠습니다."

한수가 전화를 끊고 지연에게 건넸다. 지연이 한수를 빤히 쳐다보며 물었다.

"황 피디님이 뭐래?"

"난리도 아니라는데?"

그리고 한수는 방금 전 황 피디가 했던 이야기를 지연에게 그대로 전달했다. 지연도 적지 않게 당황한 듯했다.

그녀도 전혀 생각지 못한 일이었을 터였다.

"그럼 빨리 돌아가 봐야겠네요."

어차피 숙소는 이곳에서 그리 멀리 떨어지지 않은 곳에 있었다. 때마침 두 사람이 타고 있던 캡슐도 한 바퀴를 돌아서 원래 자리로 돌아왔다. 그리고 다시 숙소로 향할 때였다.

머뭇거리던 지연이 조심스럽게 한수의 손을 붙잡았다.

"……."

한수는 말없이 그녀의 손을 세게 움켜쥐었다.

그리고 두 사람은 런던홀릭을 향해 빠르게 뛰기 시작했다.

제작진은 한수가 생각하는 것보다 훨씬 더 곤혹스러운 상황에 처해 있었다. 황 피디는 전화를 끊은 뒤 유 피디를 바라봤다. 유 피디뿐만 아니라 여기 모여 있는 다른 피디들과 작가 모두 휴대폰을 붙잡은 채 누군가와 통화를 하고 있었다.

지금 그들이 통화 중인 대상은 다른 방송국 관계자들이었다. 국내 방송사가 아니었다.

영국 최대의 공영 방송사인 BBC(British Broadcasting Corporation)뿐만 아니라 프랑스 공영방송인 TV5 몽드, 미국의 CNN(Cable News Network), 일본의 NHK(Nippon Hoso Kyokai)까지.

세계 각국 방송사에서 그들에게 연락을 해오고 있었다.

이곳 방송사들 모두 오늘 한수가 버스킹을 한 것이 한국의 한 케이블 TV에서 제작 중인 프로그램이라는 걸 알고 있었고 그런 탓에 사용 허락을 구하기 위해 연락을 취해온 것이었다.

"선배, 어떻게 해요? 난리도 아니에요. 지금. 영상 자료 좀 넘겨달라고 하는데요?"

"아니! 아직 제작도 안 된 프로그램이잖아! 그런데 무슨 영상을 벌써 넘겨달라고 하는 건데?"

황 피디가 인상을 구겼다.

하지만 압박은 곳곳에서 심해지고 있었다.

실제로 몇몇 버스킹 영상이 유튜브에 업로드되긴 했다.

그러나 화질이 열악했다. 갑자기 코벤트 가든에서 록 페스티벌 못지않은 무대가 열릴 줄 누가 상상이나 했을까?

물론 스마트폰의 성능이 좋아진 덕분에 몇몇 영상은 화질이 그럭저럭 볼 만했지만 기타를 치며 노래를 부른 한수와 지연의 얼굴이 너무 작게 보인다는 게 문제였다.

게다가 한국에서 제작 중인 프로그램인 만큼 괜히 그 영상을 써먹었다가 잡음이 생길 걸 우려할 수밖에 없었다. 그래서 지금 프로그램을 녹화 중인 곳이 TBC인 걸 안 외국 방송사들이 그들에게 압박을 넣었고 또 TBC에서는 결정권을 황 피디에게 떠넘긴 것이었다.

황 피디 입장에서는 절로 욕이 나올 수밖에 없었다. 방송에 나가려면 못해도 5월 초는 되어야 한다.

「무엇이든 만들어드려요」 방송이 끝난 뒤에야 「싱앤트립」이 방송을 탈 예정이기 때문이다.

'그래도 이 정도면 시청률 대박은 무조건 확정이겠군.'

지금 「싱앤트립」을 향해 쏟아지는 대중들의 관심은 상상을 초월할 정도였다.

이렇게 수많은 방송사에서 취재 요청을 하고 영상을 받아 보길 원한다는 것에서부터 이미 대박이 나리라는 건 예정되어 있는 사실이었다.

관건은 국내 팬들에게도 먹히느냐 하는 것인데 아마 대부분 야단법석을 떨어댈 게 분명했다. 누구는 국기를 펄럭거리며 '주모~~'를 외칠지도 몰랐다.

실제로 한수가 「무엇이든 만들어드려요」에서 외국인들을 상대로 다양한 요리를 만들어낼 때마다, 그리고 그들이 극찬을 아끼지 않을 때마다 대중들은 그것에 열광하고 또, 환호하고 있었다.

알게 모르게 점점 더 한수의 인지도는 급상승 중이었다.

한수를 대수롭지 않게 생각하던 몇몇 지상파 PD들도 부랴부랴 뒤늦게 구름나무 엔터테인먼트에 섭외 요청을 하고 있을 정도였다.

황 피디도 그런 상황을 한국에 남아 있는 강석훈 부부장을 통해 전해 듣고 있었다.

그 때문에 TBC 고위직 임원들도 얼마를 들여서든 한수를 TBC에서만 고정적으로 출연할 수 있게 붙잡아두라고 한 상황이었다.

그러나 이번에는 전 세계를 요동치게 하는 글로벌 이슈를 만들어내고 있는 한수를 보며 황 피디는 자신이 과연 한수를 감당할 수 있을까 하는 생각이 들었다.

그동안 황 피디는 한수와 함께 세 편의 예능 프로그램을 촬영했다. 초도에서 호되게 된통 당했던 「하루 세끼」.

그때도 한수는 기대를 뛰어넘는 활약을 펼쳤다.

「무엇이든 만들어드려요」.

이때도 한수는 로렌스 왕이라는 마카오의 거부로부터 자신의 레스토랑에서 일해 볼 생각이 없냐며 섭외를 받기도 했다.

그리고 지금 함께 촬영 중인 「싱앤트립」.

여기서도 한수는 상상을 초월하는 활약을 첫날부터 펼쳐보였다. 에릭 클랩튼과 지미 헨드릭스의 전성기 시절을 생각나게 하는 기타 연주에 리암 갤러거와 노엘 갤러거가 여기까지 찾아오게 만드는 보컬 능력까지.

그 능력의 끝이, 그가 가진 재능의 끝이 어디까지인지 감히 짐작조차 안 될 정도였다.

'어쩌면 나는 그의 재능의 1%도 제대로 끌어내지 못하고 있는 건 아닐까?'

불연 듯 드는 생각에 황 피디는 온몸에 소름이 돋을 것 같았다.

한수가 점점 더 무섭게 느껴졌다. 그는 마치 블랙홀(Black

Hole) 같았다. 어떤 것이든 전부 다 집어삼키고 있었다.

언젠가 세계가 그한테 열광하는 모습을 보게 될 것 같았다.

그때 코벤트 가든에서 행적이 끊겼던 두 사람이 뒤늦게 런던 홀릭에 당도했다. 뛰어온 듯 두 사람은 얼굴이 살짝 상기된 채 가쁜 숨을 몰아쉬고 있었다.

하지만 무언가 느낌이 묘했다. 두 사람 사이에 전에 볼 수 없던 묘한 분위기가 일렁거리는 듯했다.

그것도 잠시 지금 닥친 일부터 해결해야 했다. 황 피디가 한수를 바라보며 물었다.

"한수 씨, 어떻게 할 거죠?"

"무엇을 말입니까?"

"내일 버스킹 말이에요. 예정대로 피카딜리 서커스에서 진행할 건가요?"

피카딜리 서커스(Piccadilly Circus)는 런던 중심가에 있는 원형의 광장으로 약속의 장소로도 자주 활용되는 곳이다.

이곳은 코벤트 가든보다 더 많은 유동인구가 지나치는 만큼 오늘보다 더 큰 소란이 일어날 수도 있었다.

그렇다 보니 황 피디 입장에서는 방송에 차질이 생길 걸 뒤로 하더라도 촬영을 만류할 생각도 하고 있는 중이었다.

하지만 한수의 생각은 전혀 달랐다.

"예, 예정대로 진행해야죠."

한수는 연예계에 들어온 이상 스스로 프로페셔널이라고 생각하고 있었다. 게다가 그는 오늘 버스킹 공연에서 관중들과 약속했다.

내일은 피카딜리 서커스에서 버스킹을 할 것이라고.

그렇다면 그 약속을 지키는 게 마땅한 일이었다. 황 피디가 곰곰이 생각을 정리했다. 그리고 그가 한숨을 내쉬며 말했다.

"좋아요. 사실 어느 정도 예상은 했어요. 물론 나는 우리나라 교민들이 몰려올 거라고 생각했었지만…… 한수 씨 때문이 아니라 지연 씨 보러 말이에요. 하하."

황 피디가 머쓱하게 웃었다.

교민들이나 여행 온 관광객들이 지연을 보기 위해서 찾아올 것이라고 생각했었다. 그래서 만일의 상황에 대비 중이었다. 하지만 이렇게 엉뚱하게 불똥이 튈 줄은 전혀 생각지 못했다.

지금으로서는 그저 남은 촬영을 무사히 끝냈으면 하는 바람뿐이었다.

"아, 그리고 다음부터는 개별 행동은 절대 안 됩니다! 이번에는 특별한 상황이었으니까 눈 감아드리는 겁니다."

"죄송합니다, 피디님. 잘못했다가는 인파에 깔릴 분위기여서 어쩔 수가 없었어요."

지연은 얼굴을 붉힌 채 아무 말도 하지 않았다. 황 피디는 두 사람 사이에 흐르는 미묘한 감정을 느꼈지만 일부러 무시했다.

둘이 연애를 하든 결혼을 하든 그건 두 사람이 결정할 일이었다.

오히려 그 덕분에 더 좋은 케미를 보여준다면 황 피디 입장에서는 더할 나위 없이 좋은 일이었다. 설령 다툰다고 해도 둘 다 프로인 만큼 방송 녹화에는 전혀 문제가 없게 행동할 터였다.

그래도 간단히 주의를 준 다음 황 피디는 내일 촬영을 어떻게 하게 될지 한수하고 의논하기 시작했다. 그렇게 회의가 끝나갈 무렵 황 피디가 한수에게 명함을 건넸다.

딱 봐도 값비싸 보이는 고급 명함이었다.

"클랩튼 씨의 운전기사가 촬영팀에 전해준 명함이에요. 클랩튼 씨가 꼭 통화를 하고 싶다고 하더라고요."

"예, 알겠습니다."

그들이 응접실에서 회의를 하는 동안 런던 홀릭을 운영 중인 부부는 물론 다른 투숙객들은 멀찌감치 떨어진 곳에 숨어 그들을 지켜보고만 있었다. 저곳에 끼어들 엄두가 나질 않았다.

한수는 명함을 쥔 채 자신이 머무르고 있는 방에 들어왔다. 지연이 황 피디와 함께 오늘 버스킹해서 번 돈을 정산하는 사이 그는 에릭 클랩튼에게 전화를 걸었다.

다음 날 한수는 지연과 함께 워털루 역으로 향했다.

오늘은 피카딜리 서커스로 이동해서 버스킹을 할 예정이었다. 사람들로 바글바글한 워털루 역에서 자그마한 튜브(Tube)를 타고 피카딜리 서커스로 향했다.

그리고 두 사람이 피카딜리 서커스에 도착했을 때 그들은 이곳에 모여 있는 다수의 사람을 바라봤다. 개중에는 어제 본 낯익은 얼굴도 여럿 있었다. 그뿐만이 아니었다. 사람들의 웅성거림 속에 그들도 이곳에 나와 있었다.

에릭 클랩튼, 지미 페이지, 그리고 제프 벡.

세계 3대 기타리스트로 손꼽히는 그들이 이 자리에 모여 있었다.

한수는 어처구니없는 얼굴로 그들 세 명을 바라봤다.

조금 떨어진 인파들 사이에서 그들은 여유로운 얼굴로 서 있었다. 황 피디는 입가를 씰룩거렸다.

역사적인 순간이었다. 세계 3대 기타리스트로 손꼽히는 저 천재들이 한수 한 명을 만나기 위해 이곳에서 그를 기다리고 있던 것이었다.

최고의 그림을 뽑아낼 수 있을 것 같았다. 한편 그는 주변을 둘러봤다. 여러 방송국에서 나온 방송 차량이 피카딜리 서커스 역 주변을 메우고 있었다.

그뿐만이 아니었다. 영국 경찰들도 주변을 통제 중에 있었다. 이야기를 듣긴 했지만 생각보다 엄청난 스케일에 한수가 혀를 내둘렀다.

콘서트는커녕 이제 처음 자신의 앨범, 그것도 듀엣으로 낸 앨범을 발매한 한수에게 이건 생각지도 못한 일이었다.

그가 황 피디를 쳐다보며 물었다.

"정말 이래도 되는 겁니까? 이건 버스킹이 아니라 거의 콘서트 수준인데요?"

"에이, 한수 씨. 우리 프로그램 제목이 뭐예요? 「싱앤트립」이잖아요. 버스킹도, 콘서트도 여행 와서 노래 부르는 건 같은 개념인걸요?"

"스케일이…… 하, 좋습니다. 까짓것 하죠."

어제 저녁부터 새벽까지 제작진은 잠도 제대로 못 자고 조율을 해야 했다.

TBC와 구름나무 엔터테인먼트, 엘레인 엔터테인먼트, 그리고 세계 유수의 방송국과 세 기타리스트의 매니지먼트들끼리 얽히고설킨 초대형 규모의 계약이었다.

서로 적절히 조율한 끝에 각종 방송국은 내일 있을 한수와 지연의 버스킹을 생방송으로 방송에 내보낼 수 있게 되었다.

그들 두 사람만 버스킹을 하는 것이라면 메리트가 떨어질

지 모르겠지만 에릭 클랩튼과 지미 페이지 그리고 제프 벡까지 이번 버스킹을 함께 하기로 했기 때문에 충분히 가능한 일이었다.

그 대신 한수하고 지연이 얻게 된 건 유무형적인 이익들이었다. 유형적으로 얻은 이익은 각 방송국에게서 받게 될 막대한 출연료였고 무형적으로는 세계적인 거장들과 함께 하면서 엄청나게 치솟게 될 명성을 얻게 될 터였다.

이곳 피카딜리 서커스에 모인 수많은 사람 속에서 유독 빛나는 세 사람을 보고 있을 때 그들이 한수에게 걸어오기 시작했다.

한수는 애써 긴장을 풀며 그들을 바라봤다. 그야말로 살아 있는 전설들이었다. 그들이 세계 음악사에 남긴 족적들은 그야말로 엄청난 것이었다.

한수와 지연에게 다가온 에릭 클랩튼이 반갑게 인사를 건넸다.

"어제는 둘이서 어디로 그렇게 도망을 친 건가? 이제는 다 늙어서 자네를 쫓기도 어렵더군."

"죄송합니다. 너무 붐벼서……."

"괜찮아. 오붓하게 데이트를 즐겼으면 그것으로 족한 일이지."

지연이 그 말에 얼굴을 홍당무처럼 붉혔다.

옆에 서 있던 제프 벡이 호탕한 웃음을 터뜨렸다.

"하하, 반갑네. 자네가 에릭이 극찬한 그 한스겠지?"

"처음 뵙겠습니다. 만나 뵙게 되어 영광입니다. 강한수입니다."

"제프 벡이네. 제프라고 불러주면 되네. 오늘 자네의 기타 연주를 무척 기대하고 있네. 설마 에릭 거만 할 줄 아는 건 아니겠지?"

한수가 그 말에 멋쩍게 웃었다.

"그럴 리가요. 저는 세 분의 연주 모두 정말 즐겨봤습니다. 그런 만큼 세 분의 연주를 모두 따라 할 수 있을 거 같습니다."

"자신감 넘치는 모습은 보기 좋구먼. 허허."

한편 제프 벡 옆에 서 있는, 백발에 키 큰 사내가 부드러운 미소를 지어 보이며 한수에게 손을 내밀었다. 눈가에 자글자글한 주름이 가득했지만 그 미소 하나만으로도 사람을 흠뻑 빠져들게 하기에 충분했다.

레드 제플린의 리더이자 레스폴 기타의 상징이며 영국 하드록, 헤비메탈의 상징으로 통하는 지미 페이지였다.

"영광입니다."

레드 제플린의 리더.

그가 한수와 손을 마주 잡은 뒤 대뜸 물었다.

"에릭한테 이야기를 들었는데 말이야. 자네가 로버트 플랜트의 목소리도 그대로 따라 부를 수 있을 거라고 하더군. 사실인가?"

직설적인 그 질문에 한수가 에릭 클랩튼을 쳐다봤다.

그가 웃으며 말했다.

"사실대로 말해주게. 어제 공연에서 리암과 노엘의 목소리도 똑같이 소화해 내지 않았는가."

"……가능은 합니다."

"그럼 존 같은 드러머만 구한다면 레드 제플린을 다시 결성하는 것도 무리는 없겠어. 하하하."

웃음을 터뜨리는 지미 페이지를 보며 한수가 지끈거리는 머리를 감싸 쥐었다.

실제로 레드 제플린은 몇 차례 재결합할 뻔한 적이 있었다.

그러나 리드 보컬인 로버트 플랜트와 지미 페이지의 사이가 썩 좋지 않았고 존 보넘(John Bonham)만한 드러머를 구할 수 없기 때문에 번번이 무산되곤 했다.

그래도 2007년 존 보넘의 아들인 제이스 보넘을 드러머로 내세워 아흐메드 에트레군(Ahmet Ertegun)의 추모 콘서트에서 공연을 가지긴 했지만 그게 레드 제플린이라는 이름으로 뭉친 마지막 공연이었다.

리암 갤러거와 노엘 갤러거에 이어 지미 페이지까지 이런 이야기를 꺼내놓자 한수는 머릿속이 복잡했다. 하지만 그들의 생각이 이해가 안 가는 건 아니었다. 한수는 누구의 능력도 거의 완벽하게 소화가 가능했다.

보컬은 완벽하게 가능했고 기타는 80% 정도, 베이스는 60%, 드럼은 40% 정도 소화할 수 있었다.

하지만 작곡이나 작사는 불가능했다.

이것은 텔레비전을 보고 배운다고 할 수 있는 게 아니었다.

"하하, 얼굴이 새파랗게 질렸군. 걱정 말게. 레드 제플린이 재결합할 일은 없을 테니까."

레드 제플린의 영원한 드러머이자 영혼의 드러머라 불리는 존 보넘. 그가 살아 돌아온다면 모를까 그렇지 않은 이상 레드 제플린이 재결합할 일은 없을 터였다.

"그건 그렇고 촬영 중이라고 들었는데 여기서 바로 버스킹을 할 생각인가?"

한수가 고개를 끄덕였다.

"예, 장비 세팅이 끝나는 대로 버스킹을 가져보려고 합니다."

"흐음, 마음이 동하면 그때 나도 같이 연주해도 상관없겠지?"

"그럼요."

"대신 연주가 마음에 들지 않으면 그 즉시 난 돌아갈 걸세."

지미 페이지의 강경한 말에도 한수는 꿋꿋하기만 했다.

그 대신 그는 지연과 함께 버스킹할 준비를 서두르기 시작했다.

이미 많은 사람이 소문을 듣고 이곳 피카딜리 서커스에 몰려 있었다.

인터넷이 극도로 발달한 시대다. 게다가 SNS도 엄청나게 활발해졌다. 페이스북, 트위터, 스냅챗, 인스타그램 등 별의별 SNS들이 삶 속 깊숙이 파고들었다.

실제로 피카딜리 서커스에 이들 세 명이 모여 있는 사진들이 계속해서 공유가 되고 있었고 그러면서 속속 사람들도 모이고 있는 것이었다.

그들뿐만이 아니었다.

피카딜리 서커스가 내려다보이는 한 카페에는 올해 스물여덟 살인 젊은 천재 싱어송라이터가 사람들로 북적거리는 거리를 내려다보고 있었다.

카페에 앉아 있던 또 다른 젊은 백인 여성들은 연신 그를 훔쳐보기 일 수였다.

"에드, 에드 시런 맞지?"

"어. 무슨 일이지? 아까부터 자꾸 피카딜리 보고 있던데."

"그러고 보니 오늘 피카딜리에서 난리 났다고 하더라. 에릭에 지미에 제프까지. 왕년의 록스타들이 다 모였다고 하던데?"

"정말? 혹시 여기서 깜짝 공연이라도 하려나?"

"호호, 나는 관심이 없어서…… 노엘이나 리암이 오면 모를까."

"아, 너 노엘 팬이었지. 깔깔, 아직도 노엘이 좋아?"

"그럼, 그 노엘이 결혼할 거라고는 생각도 못 했는데……."

"그러게, 나도 리암이 결혼할 줄은 정말 생각지도 못했어."

"얘는. 너 말하는 거 보니까 아직도 결혼 안 했으면 여전히 리암 쫓아다녔겠다?"

"그럼, 리암은 내 영원한 사랑이었다고."

에드 시런은 카페에 앉아 수다를 떨고 있는 여자들을 쳐다봤다. 사십 대 초반쯤 되어 보이는 여자들이었다.

한창 오아시스가 전성기를 구가할 무렵 그녀들은 고등학생이었을 것이다. 에드 시런은 창가 아래 한창 공연을 준비 중인 사람들을 바라봤다.

그러다가 그의 눈에 잡힌 동양인 남성이 있었다. 꽤 큰 키에 다부진 체격. 그 곁에는 어제 소문으로 접한 키가 작고 아담한 체구의 귀여운 동양인 여자애가 보였다.

아마도 저들이리라. 그리고 저 남자가 자신의 노래를 똑같이 따라 부른 그 남자일 터.

어제는 놓쳤지만, 오늘은 절대 놓치지 않을 생각이었다. 그랬기에 에드 시런은 그 어느 때보다 더욱더 신중해하고 있었다.

공연이 시작되고 빠져나갈 수 없을 때 그때 불시에 찾아갈 생각이었다.

그러나 그런 생각을 하는 건 에드 시런 한 명만이 아니었다. 곳곳에 숨어 있는 수많은 뮤지션들이 그와 비슷한 생각을 하고 있었다.

생각보다 커진 규모에 「싱앤트립」 제작진들은 적지않게 당황했지만 그들은 이내 적응했다.

여기 모인 제작진 대부분이 노래를 즐겨 들었다.

그들로서는 세계적인 거장들과 함께 작업을 할 수 있다는 게 더할 나위 없는 영광이었다.

이따가 버스킹이 끝나고 사인이라도 한 장 받을 수 있다면 그것만으로도 충분히 만족할 수 있을 것 같았다. 그렇게 세팅이 끝난 뒤 한수는 버스킹 무대를 둘러봤다.

버스킹 무대라고 하기엔 그 규모가 컸다. 보컬리스트의 자리가 두 개 있었는데 그것뿐만 아니라 기타, 피아노, 거기에 드럼까지 거리 한복판에 놓인 상태였다.

콘서트장을 방불케 하는 규모였고 많은 사람이 그것을 보며 기대감을 잔뜩 품고 있었다.

지연이 한수를 쳐다보며 물었다.

"어떤 노래를 부를지 결정은 끝냈어?"

"응, 방금 전에. 그럼 나 솔로곡 한 곡 먼저 부르고 듀엣으로 넘어가자. 괜찮지?"

"응, 괜찮아."

어젯밤 초대형 규모의 계약 이후 황 피디는 딱 한 가지 부탁을 해왔다.

그것은 한수가 먼저 솔로 무대를 어떤 악기든 상관없으니 한 번 보여주길 원한다는 것이었다. 그리고 이왕이면 대중적으로 엄청 알려진 유명한 노래였으면 좋겠다는 게 그의 말이었다.

한수는 고민 끝에 몇 가지 노래를 셋리스트에 올려뒀는데 오늘 지미 페이지를 만난 뒤 그는 최종적으로 어떤 노래로 포문을 열지 결정을 내릴 수 있었다.

한수는 기타를 짊어진 채 마이크를 잡았다.

"반가워요. 저는 한국에서 온 강한수라고 해요. 오늘 이곳에서 제 파트너인 지연과 함께 버스킹을 할 거예요. 잘 부탁할게요."

멘트가 끝난 뒤 익숙한 멜로디가 흘러나오기 시작했다. 그 멜로디에 자리를 잡은 채 어떤 노래를 부를지 기다리고 있던 지미 페이지가 눈을 휘둥그레 떴다.

처음에만 해도 지미 페이지는 에릭 클랩튼이 한 말을 믿지 않았다. 그가 한수의 연주를 보고 지미 헨드릭스의 환상을 떠올렸다고 했을 때만 해도 드디어 에릭 클랩튼이 늙어서 헛것을 본다고 생각했다.

그러나 그는 왜 에릭 클랩튼이 그런 말을 했는지 알 것 같았다.

There's a lady who's sure all that glitters is gold,
반짝이는 건 모두 금이라고 믿는 소녀가 있습니다.

한수가 노래를 부르자 그것은 더욱더 심해졌다.

조금 전까지만 해도 젊었을 적 자신의 모습이 흐릿하게 비춰졌는데 이번에는 금발을 치렁치렁 기른 채 스폿라이트를 받아가며 노래를 부르는 로버트 플랜트(Robert Plant)가 보이고 있었다.

"허허, 에릭. 자네가 본 게 이런 거였나?"

에릭이 친구의 질문에 싱글벙글 웃으며 말했다.

"어제는 나보고 노망이 들었다면서 병원에 가라 하지 않았나? 하하, 자네도 노망이 든 겐가?"

"이게 노망인건지 아닌지는 모르겠지만…… 자네 말이 틀리지 않았다는 건 알 수 있겠어. 다른 사람들도 우리처럼 이런 모습을 볼 수 있을까?"

"아니, 극소수만 가능할 거야. 음악에 조예가 깊은 그런 사람들만 가능한 일일 테지. 그 정도로 저 청년은 남다른 무언 가가 있어. 마치 자신이 지미 페이지가 된 것처럼, 혹은 로버 트 플랜트가 된 것처럼 기타를 치고 노래를 부르고 있어. 그 런데 그러려면 그 사람의 생애를 깊숙이 이해하고 있어야 한 다는 건데…… 어떻게 그게 가능한 거지?"

지미 페이지는 믿어지지 않는 얼굴로 혀를 내두르다가 자 리에서 일어섰다.

더는 참을 수 없었다. 이제 버스킹이 시작한지 채 몇십 초 도 안 지났지만 몸이 근질거렸다.

게다가 그가 지금 부르고 있는 건 레드 제플린하면 떠올리 는 명곡 「Stairway To Heaven」이었다.

그런데도 가만히 있는 건 직무유기였다. 그것도 거지 같은 무대가 아니라 저렇게 엄청난 무대를 보여주고 있는데 그럴 수는 없었다.

와아아아아아–

지미 페이지가 한수가 공연 중인 무대로 걸어오기 시작하 자 엄청난 환호성이 쏟아지기 시작했다.

그가 한수와 박자를 맞추며 기타를 치기 시작했을 때 전 세 계가 과거의 향수를 추억하며 열광의 도가니에 빠져들었다.

그리고 연주가 끝났을 무렵 이 자리에 모인 사람들은 한목 소리로 그들의 이름을 연호하고 있었다.

한수는 거리를 가득 메운 채 목 놓아 자신을 외치는 수많은
사람을 보며 찌릿거리는 전율을 느꼈다.

오늘은, 최고의 하루가 될 게 분명했다.

CHAPTER 2

　지미 페이지의 연주가 끝나는 순간 한수는 온몸을 타고 흐르는 전율을 느꼈다. 정말이지 아름다운 연주였다.

　영혼을 사로잡아 옭매는 듯한 그런 연주에 한수는 혀를 내두를 수밖에 없었다. 올해 그의 나이 75세. 그런데도 저런 연주가 가능하다는 게 믿기지 않았다.

　혹자는 그들이 세계 3대 기타리스트로 왜 손꼽히는지 힐난하기도 한다.

　애초에 그들은 세계 3대 기타리스트가 아니라 영국 내에서 3대 기타리스트로 뽑힌 거였고 일본으로 전해질 때 번역이 와전되어 잘못 알려진 거긴 하지만 실제로 그들의 연주가 완전무결한 건 아니다.

세계에는 그들보다 더 젊고 재기발랄한 기타리스트가 많다.

테크닉만 놓고 본다면 스티브 바이(Steve Vai)나 잉베이 맘스틴(Yngwie Malmsteen) 등 엄청난 속주를 선보이는 기타리스트도 있다.

하지만 그들은 젊었을 때, 아직 지구촌이라는 말조차 생경할 때부터 각자 기타리스트의 전형을 보여줬던 사람들이다.

지미 페이지는 밴드 기타리스트로서의 이상적인 모습을 보여줬고 에릭 클랩튼은 싱어송라이터로서, 제프 벡은 기타 연주만으로 사람들을 사로잡은 기타리스트다.

그러나 중요한 건 그게 아니었다.

이들의 연주에는 사람의 감정을 쥐고 흔드는 그런 감성이 존재했다.

한수가 경험치를 쌓아 얻게 된 능력을 이들은 천부적으로 타고난 것이었다.

박수갈채가 쏟아지는 가운데 한수는 길게 숨을 내쉬었다.

정말 텔레비전이 그에게 주는 능력만으로 이들을 따라잡을 수 있을까?

그러는 사이 지미 페이지가 한수에게 다가와서 주먹을 부딪쳤다.

"하하, 즐거웠네! 아, 그리고 진짜 로버트 플랜트, 그 녀석이 내 옆에 있는 줄 알았다니까? 덕분에 신나게 즐길 수 있었어."

"저도 영광이었습니다."

오히려 한수가 고개를 꾸벅 숙였다.

한수는 지미 페이지와의 연주를 통해 더 많은 걸 배울 수 있었다. 그리고 그것은 다른 사람들이 볼 수 없는 반투명한 패널 창을 통해 경험치로 계속해서 치환되고 있었다.

게다가 자신의 이름을 알린 것 덕분에 명성치도 꾸준히 쌓이고 있는 중이었다. 그 덕분에 조만간 또 한 번 새로운 보상을 획득할 것으로 예상하고 있었다.

한수가 생각을 정리하는 사이 지미 페이지가 박수갈채를 받으며 무대 아래로 내려갔다.

그 대신 무대에 올라온 건 지연이었다.

지연은 지미 페이지를 보며 울상을 지었다.

하필이면 그가 무대에 갑작스럽게 오르는 바람에 저절로 비교대상이 되어버리게 생겼다.

여기서 조금이라도 실수를 했다가는 전 세계로 생중계되는 무대에서 최악의 인상을 남기게 될지도 몰랐다. 온몸이 딱딱하게 굳었고 저절로 긴장이 되었다.

한수가 지연의 상태를 알아차렸다. 그가 지연에게 다가가서 긴장을 풀어주기 위해 애쓰기 시작했다.

"왜 이렇게 긴장했어?"

"저 할아버지가 올라와서 연주하는 바람에……."

"네 목소리도 충분히 매력 있어. 어제 기억 안 나? 사람들 엄청 열광했잖아."

"그, 그래도……."

언어적인 한계는 존재한다.

아무리 자신이 감성을 최대한 담아 부른다고 해도 언어권이 다르기 때문에 그 표현이 완벽하지 않을 수밖에 없다. 그걸 완벽하게 소화하는 한수가 오히려 이상한 것이었다.

실제로 에릭 클랩튼도 연주를 하기 전 한수 보고 영국에서 태어났냐고 캐물었을 정도였다.

한수는 계속해서 지연을 릴렉스시켰다.

커리어만 놓고 보면 지연이 훨씬 더 선배 가수이지만 무대가 무대인 만큼 그녀는 엄청 긴장하고 있었다.

그래도 한수의 지속적인 케어 덕분에 지연이 조금씩 용기를 냈고 두 사람은 이곳 피카딜리 서커스에 모인 수많은 사람을 향해 두 번째 무대를 연주하기 시작했다.

I've been living with a shadow overhead.

난 내 머리 위로 그림자가 드리워진 채로 살았어.

미국에서 만들어진 「Music and Lyrics(음악과 가사)」, 우리나라에는 「그 여자 작사 그 남자 작곡」 이름으로 개봉한 영화의 수록곡으로 휴 그랜트(Hugh Grant)와 헤일리 베넷(Haley Bennett)이 부른 노래다.

갑작스럽게 바뀐 분위기에 사람들은 순간적이긴 하지만 좀처럼 적응하질 못했다.

방금 전까지만 해도 헤비메탈과 어쿠스틱을 절묘하게 조화시킨 연주에 로버트 플랜트 특유의 미성이 아름답게 어우러진 노래가 8분 4초 동안 무대를 휘어잡았는데 그 무대가 달달하기 이를 데 없는 남녀 듀엣 팝송으로 변화해 버린 것이었다.

그것도 잠시 그들은 이내 이 커플이 만들어낸 분위기에 젖어 들어갔다.

서로를 바라보며 노래를 부르는 두 사람의 표정에서는 숨길 수 없는 환한 미소가 서로 어려 있었고 이내 노래를 듣던 몇몇 커플이 입을 맞췄다.

거리낌 없이 키스를 하는 커플들을 보며 지연은 콩닥거리는 가슴을 억지로 진정시켰다.

만약 여기가 이렇게 많은 사람이 모인 무대가 아니었으면, 지금이 방송 촬영 중이 아니었으면 그랬으면 자신도 키스를 했을지도 모르겠다고 생각할 만큼 그녀는 한수의 노래에 푹 취한 상태였다.

그렇게 두 번째 노래도 끝이 났다. 수준 높은 공연에 사람들이 이번에도 박수갈채를 보냈다. 그럴 때 지연이 한수를 보며 말했다.

"아무래도 오늘은 같이 하는 것보다는 그냥 네가 혼자 공연하는 게 나을 거 같아."

"어? 왜? 방금 전 반응 못 봤어? 엄청 좋았다고."

"응. 알아, 근데 여기 모인 사람이 기대하고 있는 건 이게 아니야."

지연은 이곳에 모여 있는 관중들을 바라봤다. 그들이 지금 원하는 건 록페스티벌이었다.

저 전설들이 한수와 함께 하는 무대를 보고자 했다. 아쉽지만 버스킹을 할 날은 또 올 터였다. 그렇게 지연이 다시 무대 아래로 내려갔다. 황 피디가 지연에게 다가갔다.

"지연 씨, 왜 벌써 내려와요? 세 곡 정도 더 부르기로 했잖아요."

"여기 모인 사람들 표정 봐요. 황 피디님도 눈치 빠르시면서. 저는 내일 브라이튼 가서 그때 하면 돼요. 괜찮아요."

배시시 웃긴 했지만 그래도 아쉬운 감정이 묻어나오는 표정이었다.

"……하하."

황 피디가 머쓱하게 웃었다.

그랬다.

여기 모인 사람 모두 록페스티벌을 보기 위해 모였다.

그들이 원하는 건 록이었다.

블루스 록이든 헤비메탈이든 록을 듣고 싶어 하고 있었다. 잠시 무대가 어수선해진 사이 에릭 클랩튼이 황 피디가 하는 이야기를 전해 들었다.

가만히 머리를 맞대고 이야기하던 에릭 클랩튼이 다른 두 명을 바라보며 물었다.

"……그렇다는데 어떻게 할까?"

"어떻게 하긴. 다들 원한다는데 제대로 한번 즐겨봐야지."

"좋아. 그럼 해볼까?"

"우리는 기타 연주하고 한스 보고 보컬을 하라 하지. 곡은 각자 좋아하는 곡들도 한 개씩. 괜찮겠지?"

"나쁘지 않네. 그럼 한번 달려볼까?"

그들은 유쾌한 얼굴로 무대 위로 올라섰다. 그들이 올라서자 다시 한번 환호성이 커졌다. 여기 모인 사람들 모두 그들을 기다리고 있었다는 반증이었다.

"좋아. 오랜만에 야드버즈의 전 멤버들이 한자리에 뭉친 김에 신나게 놀아보자고. 다들 원해?"

"예쓰!"

사람들이 외쳐대는 함성이 이곳 피카딜리 서커스를 뒤흔들었다.

"나쁘지 않네. 이제부터 우리는 각자 좋아하는 노래를 한

곡씩 할 거야. 물론 우리는 기타 연주만 할 거고 보컬은 여기 이 녀석이 맡아줄 거야. 맡아주겠지?"

한수가 고개를 끄덕였다. 거장들과 함께 하는 무대다.

놓칠 수 없었다. 지미 페이지가 먼저 입을 열었다.

"좋아. 원래대로였으면 「Stairway To Heaven」을 골라야 맞 겠지만 그건 이미 이 녀석이 해버렸으니까 어쩔 수 없겠지. 음, 나는 그렇다면 「Shining in the Light」를 하겠어. 한스, 이 노래 알아?"

한수가 고개를 끄덕였다.

「Shining in the Light」는 1998년 로버트 플랜트와 함께 발표 한 「Page Plant Walking into Clarksdale」 음반에 수록되어 있는 곡이다.

상쾌한 분위기로 시작하는 이 노래는 가벼운 AOR(Adult Oriented Rock)이라고 할 수 있는데 현악기 느낌을 살리는 키보 드 배경음이 중심을 이루고 있다.

그때 제프 벡이 지미 페이지를 쳐다보며 물었다.

"드럼은 누가 연주하지?"

"……어, 음."

지미 페이지가 멋쩍어할 때였다. 무대에 또 다른 사람이 올 라왔다. 그가 세 명의 기타리스트를 번갈아 바라보며 말했다.

"재미있는 장난을 벌이고 있더군."

"……폴? 폴은 여기까지 어쩐 일이죠?"

"하하."

한수가 식은땀을 흘렸다. 지금 이곳에 올라온 건 비틀즈의 전 멤버이자 심장이라 불린 대중음악 역사상 최고의 천재 폴 매카트니였다.

기사(Knight Bachelor) 작위를 받은 그의 등장에 시끌벅적했던 이곳 피카딜리 서커스도 순식간에 조용해졌다.

그들 역시 지금 이 상황이 진짜인지 믿지 못하고 있는 것이었다. 한수도 순간 제작진이 준비한 몰래카메라가 아닌가 하는 생각이 들었을 정도였으니까 그들은 오죽 했겠는가.

그것도 잠시 에릭을 비롯한 세 사람이 폴과 인사를 나눴다. 그 뒤에야 폴 매카트니가 비로소 한수에게 다가왔다.

"반갑군, 젊은 천재. 폴이야."

"처, 처음 뵙겠습니다. Sir."

"재미있는 무대를 연 거 같던데 나도 한번 끼어도 좋겠나?"

한수가 떨떠름한 목소리로 대답했다.

"무, 물론입니다."

"음, 대충 이야기를 전해들은 거 같은데 드럼이 없는 거 같더군."

"아마도 그럴 겁니다."

"좋아. 그럼 한번 재미있게 놀아보자고."

폴 매카트니 역시 일흔일곱의 고령임에도 불구하고 엄청 건강해 보였다. 그런 그가 드럼 자리에 앉아 스틱을 잡았다. 실제로 폴 매카트니는 자신의 파트인 베이스뿐만 아니라 피아노, 기타, 드럼 등 다양한 악기들을 잘 다룰 줄 아는 진정한 천재였다.

심지어 비틀즈의 거의 모든 음반에 대한 프로듀싱을 담당했던 조지 마틴(George Henry Martin)은 폴 매카트니가 드럼 실력을 기술적으로 놓고 볼 때는 비틀즈의 드럼 멤버인 링고 스타(Ringo Starr)보다 더 낫다고 평가했을 정도였다.

그뿐만 아니라 몇몇 앨범은 링고 스타의 빈자리를 메우기 위해 폴 매카트니가 직접 드럼을 담당한 적도 있었다.

여하튼 보컬리스트 겸 베이시스트로 한수, 기타에 에릭 클랩튼과 지미 페이지, 제프 벡, 드럼으로는 폴 매카트니까지.

그야말로 호화찬란한 멤버가 결성이 되었다. 그리고 본격적인 록페스티벌을 시작했다.

입장료 단돈 0원. 장소는 피카딜리 서커스.

가뜩이나 북적거리는 이곳 피카딜리 서커스가 벌레 한 마리 들어올 틈새조차 없을 만큼 수많은 사람으로 빽빽하게 들어찼다.

그리고 그들에게 화답하기라도 하듯 이들 전설들은 쉴 새 없이 연주를 거듭했고 한수도 목이 터져라 노래를 불러댔다.

순식간에 시간이 지나갔지만 누구 하나 자리를 뜨려 하지 않았다.

오히려 자신들이 존경하던 뮤지션들의 노래를 들으며 추억을 곱씹고 회상할 뿐이었다.

동시에 전 세계 곳곳으로 생중계되고 있던 그들의 무대는 그야말로 엄청난 반향을 만들어냈다.

각종 SNS에 실시간 캡처 사진이나 짧은 무대 영상이 계속해서 공유되고 있는 것도 모자라 페이스북이나 유튜브 같은 곳에도 실시간 라이브 채널이 새로 생겨났다.

인터넷의 발달로 인해 이곳 영국 런던에서 펼쳐지는 이 깜짝쇼를 수많은 사람이 귀로 듣고 눈으로 볼 수 있게 된 것이다.

그건 한국도 예외가 아니었다. 한국은 다른 나라보다 조금 반응이 늦었다. 이유는 있었다.

아무래도 국내는 다른 나라에 비해 록이 그렇게 인지도 높은 장르가 아닐 뿐더러 이 대형사건을 취재 중인 기자도 없었기 때문이다.

그런데 한국인으로 추정되는 남자 보컬리스트가 세계적으로 유명한 전설적인 뮤지션들과 함께 런던 피카딜리 서커스에서 공연 중이라는 영상이 떠돌기 시작하면서 뒤늦게 한국에도 그 소식이 전해졌다.

처음에만 해도 그 영상은 국내 대형 록 커뮤니티에만 보급이 되었다. 그러나 시간이 지나면 지날수록 소식을 전해들은 사람들이 영상을 찾아보기 시작했고 급기야는 실시간 검색어 순위를 변동시키며 상위권으로 치고 올라왔다.

이제 사람들의 궁금증은 단 하나였다. 한국인으로 추정되는 저 보컬리스트가 누구냐 하는 것이었다.

하나둘 인터넷상에서 떠들기 시작한 뒤 사람들의 관심이 증폭되었다. 그들은 단서를 찾기 위해 애썼고 얼마 지나지 않아 쓸 만한 단서 하나를 찾아낼 수 있었다.

-이거 봐. 얼마 전에 권지연이 영국 런던에 출국했다는데?

-어? 며칠 안 됐네? 이틀 전이잖아? 런던에는 무슨 일로 간 거야?

-잠깐만. 황 피디도 함께 갔다는데?

-뭐? 그럼 또 예능 하는 건가? 이번 주 음방 나온다고 하지 않았어?

└이번 주는 안 나오고 다음 주부터 나온대. 컴백 무대인데 안 나온다고 해서 말이 좀 많긴 했지. 팬들도 이번 음악 방송 은 활동 많이 해주길 바라고 있었거든.

└└그와 별개로 강한수는 엄청나게 욕먹었지.

-권지연 팬들도 극성이 유별나잖아.

-그래도 노래 듣고서는 깨갱하던데? 솔직히 우리나라에

저 정도 소화할 수 있는 가수가 몇이나 되냐? 대부분 권지연하고 띠동갑 나이차는 대선배밖에 없을걸?

–그래도 권지연 팬들 생각은 하나야. 강한수가 권지연한테 업혀 갔다는 거지.

–잠깐만. 강한수도 런던으로 출국했대.

–정말? 뭔가 그림이 그려진다? 강한수에 권지연에 황 피디까지? TBC에서 또 새로운 예능 제작하려는 거 아니냐?

–진짜 황 피디도 개 쩌네. 분명 예전에는 ABC에서 나올 때 힘들고 지쳐서 나오는 거라고 하지 않았냐? 나 그런 인터뷰 본 거 같은데.

└나도 본 적 있음 ㅋㅋㅋㅋ 개 구라였던 거지.

– ? 근데 저 보컬 왠지 강한수 같지 않냐?

└미친 ** 뇌내망상도 작작 좀.

└어디에다가 들이댈 사람을 들이대. 이제 달랑 앨범 하나 발표한 강한수가 저기 어떻게 서 있냐?

└와, 근데 노래 진짜 개잘하네, 부럽다.

–난 저기서 같이 공연하고 있다는 게 더 부러워.

–난 저기 가서 직접 듣는 런던 놈들이 부럽다. 내한공연 좀 어떻게 안 되나?

–헉, 다들 보고 있냐? 폴 매카트니 경까지 왔다.

그러나 아직도 동양인 보컬리스트가 강한수인 걸 그들은 눈치채지 못하고 있었다.

단번에 그걸 추론하기에는 괴리감이 너무 컸다.

그들이 아는 한수는 이제 갓 앨범을 하나 발매한 신인가수였다. 그것도 솔로 앨범이 아니라 이미 가요계에서 20대 여성 솔로가수로서는 독보적인 위치에 자리매김하고 있는 권지연과 듀엣으로 앨범을 발매했기 때문이다.

그렇다 보니 그들은 전혀 한수를 저곳에서 전설들과 함께 공연 중인 한수와 연결시킬 생각을 하지 못하고 있었다.

그럴 수밖에 없는 일이었다.

폴 매카트니의 등장은 예상외의 일이었다. 알고 보니 그를 이곳에 초청한 건 지미 페이지였다.

이렇게 신나는 무대를 그들만 즐길 수는 없다고 생각하고 폴 매카트니를 여기에 깜짝 초대한 것이었다. 그들은 무대 주변을 가득 메우고 있는 수많은 사람을 둘러봤다.

길거리에서 간이무대를 갖추고 하는 것인데도 불구하고 수많은 사람이 그들을 향해 괴성을 지르고 있었다.

그들뿐만이 아니었다. 이곳 피카딜리 서커스가 내려다보이는 건물 곳곳에도 사람들이 바글거렸다.

옥상에도, 창문에도, 곳곳에 사람들이 즐비했다.

다 합쳐서 몇 명일지는 알 수 없지만 그들이 여기 모인 이유는 똑같았다.

그들의 노래를 듣기 위해서. 그 목적 하나로 여기까지 온 것이다. 그때 폴 매카트니가 시계를 들여다보며 중얼거렸다.

"슬슬 올 때가 됐는데……."

"누구 말입니까?"

"나도 드럼은 꽤 친다고 자부하지만 그래도 여기 모인 사람들이 하나같이 쟁쟁한 올스타들인데 그에 맞는 멤버를 모셔야 하지 않겠나? 하하."

그때 사람들의 비명 소리를 뚫고 무대에 뛰어들어온 사내가 있었다. 폴 매카트니가 반가운 얼굴로 그를 끌어안았다.

"리차드! 이제 왔나?"

머리를 짧게 치고 수염을 덥수룩하게 기른 그는 비틀즈의 전 멤버 리처드 스타키(Richard Starkey)였다.

그러나 사람들에게 잘 불리는 이름은 링고 스타였는데, 이는 그의 예명이었다.

"폴! 신나는 일이 있다고 해서 오긴 왔는데…… 여기 뭔 일이라도 있는 거야? 어? 에릭! 지미! 제프까지? 도대체 여기서 뭔 짓을 벌이는 거지?"

"하하, 오랜만에 만난 김에 공연이나 하고 있었지. 자네도 낄 텐가?"

"내가?"

그것도 잠시 링고 스타가 스틱을 잡고 드럼 앞에 앉았다.

그리고 폴 매카트니는 베이스를 들고 한수 옆쪽에 섰다.

한편에는 에릭 클랩튼과 지미 페이지 그리고 제프 벡이 기타를 쥔 채 나란히 섰다. 그야말로 호화로운 인선이었다.

비틀즈 전 멤버 두 명에 야드버즈의 멤버였다가 세계 3대 기타리스트로 손꼽히는 레전드들까지.

돈을 준다고 해도 쉽게 볼 수 없는 공연을, 이곳 런던 시민들은 무료로 즐길 수 있게 된 것이다.

그 덕분에 평소에도 북적거리는 피카딜리 서커스는 인산인해로 마비된 상태였고 튜브 역시 피카딜리 서커스 역에 일부러 정차하지 않고 있었다.

게다가 이곳 주변 역시 차량이 진입할 수 없게 통제된 상태였으며 곳곳에 배치된 경찰 인력들이 수시로 주변을 돌아보고 있는 중이었다.

이렇게 사람이 많이 뭉친 곳은 테러집단의 제1표적이 될 수 있기 때문이었다. 이미 수많은 방송국이 지금 이 전설의 무대를 촬영 중인 만큼 신중에 신중을 기할 필요가 있었다.

그 이후 그들은 다시 한번 공연을 이어나갔다.

그렇게 해서 오전 10시쯤 시작된 이번 버스킹, 아니 록페스티벌은 오후 1시쯤이 되어야 슬슬 그 끝을 보이기 시작했다.

세 시간에 가까운 시간 동안 한수는 레전드들과 함께 공연하며 엄청난 무대를 만들어냈다. 그러나 더 이상 이어나가는 건 무리였다. 한수는 끄떡없었지만 이들 모두 일흔이 넘었다.

괜히 더 무리했다가 그들의 건강이 상하는 게 아닐까 우려스러웠다. 하지만 그건 한수의 오판이었다.

그들은 여전히 힘이 남아도는 듯 계속해서 연주를 이어나가고 있었다. 숱한 명반들이 그들의 손을 빌려 이곳에 나타났고 그럴 때마다 박수갈채가 뒤를 이었다.

이곳을 빽빽하게 메운 사람들은 이 역사적인 순간을 함께할 수 있다는 것을 기뻐하고 있었다.

물론 기쁨이 넘쳐 덩실덩실 어깨춤을 추는 사람도 있었다. 그는 황 피디였다.

한수 덕분에 잊지 못할 영상을 찍을 수 있게 되었다.

8주 정도 예상하고 있었지만 이 정도라면 못해도 12주는 넉넉잡고 방송에 내보내야 하지 않을까 싶을 정도로 이번 「싱앤트립」은 최고의 예능 프로그램으로 평가받을 게 분명했다.

사람들도 이 모습을 보며 전율할 게 분명했다.

세계적인 록스타들과 어깨를 나란히 한 강한수. 새삼 황 피디는 한수가 어디까지 올라갈 수 있을지 궁금했다. 그도 세계 음악사에 이름을 남길 거장이 되지 않을까 하는 생각도 있었다.

실제로 이미 수많은 레코드 레이블(Record Label) 가운데 빅3로 손꼽히는 유니버설 뮤직 그룹, 소니 뮤직 엔터테인먼트 그리고 워너 뮤직 그룹까지 이들 세 곳도 움직이고 있었다.

그들은 짐작하고 있었다. 연결 고리가 없어 보이는 저들이 왜 이곳에 모였는가를. 그들을 묶은 고리는 바로 한수였다.

한수 때문에 다른 레전드들이 이 자리에 모여 옛 추억을 꺼내놓으며 공연을 열고 있는 것이었다.

한수는 누구든지 될 수 있는 무지막지한 괴물이었으니까.

그 이후로도 한 시간가량 공연이 더 이어졌다. 그것도 이제 슬슬 끝을 내야 할 때가 되었다. 한수가 마이크를 붙잡고 입을 열었다.

"이번이 마지막 곡입니다. 오늘 다 함께 이 깜짝 콘서트를 즐겨주셔서 감사합니다."

한수에게 있어서도 오늘은 정말 색다른 경험이었다.

콘서트라고는 윤환의 콘서트만 경험해 봤던 그가 이렇게 커다란 무대에 설 수 있을 거라고 상상이나 했겠는가.

어떻게 보면 이건 '우연과 우연'이 빚어낸 산물일지도 몰랐다.

사우스뱅크 센터의 협회장 조셉이 에릭 클랩튼과 친분이 있는 사이가 아니었다면?

코벤트 가든에서 리암 갤러거와 에릭 클랩튼을 만나지 못했더라면?

이런 일은 절대 일어나지 못했을 것이다.

그러나 그런 일이 일어났고 에릭 클랩튼이 지미 페이지와 제프 벡을 데려왔으며 지미 페이지가 폴 매카트니를, 폴 매카트니가 링고 스타를.

이것은 그들 모두 음악으로 함께 연결되어 있기에 가능한 일이었다. 음악이 그들을 하나로 묶은 것이었다.

한수는 마지막 곡으로 어떤 노래를 했으면 좋을지 이들 레전드들과 의논에 들어갔다.

한편 목 놓아 떼창을 하던 관중들은 한수의 말에 아쉬움을 토로했다.

세 시간이었는데 한 시간, 아니, 그보다 더 짧다고 느껴질 만큼 오늘 무대는 정말 엄청 빠르게 지나간 뒤였다. 그렇게 잠시 의논을 하는 동안 지연이 한수를 빤히 쳐다봤다.

옆에 서 있던 황 피디가 지연을 보며 물었다.

"왜 그러세요?"

"아뇨. 분명히 제가 앞서 있다고 생각했는데 어느 날 보니까 엄청 멀어진 거 같아서요."

황 피디도 지연이 생각하는 게 뭔지 알 것 같았다. 그런 감정을 느끼는 건 지연 한 명만이 아닐 터였다.

여기 있는 사람들은 물론 한국에 있는 구름나무 엔터테인먼트 사람들도 절절하게 느끼고 있을 게 분명했다. 실제로 구름나무 엔터테인먼트에서는 갑자기 쏟아진 외국에서의 통화에 기겁하고 있었다.

그러나 그들 대부분 회화에 능숙하기보다는 토익 성적이 높은 거였기 때문에 그들은 제대로 대처를 못 하는 중이었다.

3팀장은 회사에 벌어지고 있는 이 촌극이 다 누구 때문에 비롯된 건지 알고 있었다.

윤환이 3팀장을 보며 물었다.

"이게 도대체 무슨 난리야? 장난 아니네."

"한수 때문이야."

"어? 한수가 뭘 어쨌기에?"

"유튜브 못 봤어?"

3팀장이 노트북을 윤환에게 돌려 보여줬다. 그곳에서는 동양인 보컬리스트가 세계적인 레전드들과 공연하는 장면이 생중계로 방송 중에 있었다.

"에? 이게 한수라고?"

"어. 맞아."

워낙 멀리서 찍는 영상이다 보니 얼굴이 흐릿해서 제대로 보이지가 않았다. 이건 피카딜리 서커스 인근에 있는 한 유튜버가 자신의 유튜브 채널에 캠코더로 촬영해서 곧바로 올리고 있는 동영상이었기 때문이다.

"형은 어떻게 아는데?"

"황 피디가 이야기해 줬어."

그리고 3팀장은 윤환에게도 무슨 일이 있었는지 간략하게 설명했다. 이야기를 듣던 윤환이 기겁하며 머리를 절레절레 저었다.

"와, 진짜 미쳤네. 크크."

"왜 웃어? 지금 이 상황이 웃기냐?"

"아니, 생각해 봐. 지연이 팬들은 한수가 지연이한테 업혀 갔다고 생각하는데 저 영상이 더 알려지고 보컬리스트가 한 수인 게 밝혀지면……."

"난리도 아니겠지. 그보다 슬슬 공연 끝내는 분위기인가 본데?"

"어? 그런가 보네."

그와 함께 마지막 노래가 시작되었다.

이들이 이번 록페스티벌의 마지막 노래로 선정한 건 「Hey Jude」였다. 1968년 발매된 비틀즈의 싱글 트랙으로 폴 매카트니가 작곡한 노래다.

이곳에 비틀즈의 전 멤버가 두 명 모여 있는 이상 「Hey Jude」는 엔딩곡으로 가장 안성맞춤이라 할 수 있었다.

폴 매카트니가 베이스를 내려놓고 키보드 앞에 앉았다.

그리고 그가 한수와 눈을 맞추었다.

'시작할까?'

'예, 시작하죠.'

두 사람이 동시에 노래를 시작했다.

Hey Jude, don't make it bad.

이봐 주드, 나쁘게 생각하지 말아.

Take a sad song and make it better.

슬픈 노래를 하나 골라 보다 좋게 만들어보자.

두 사람이 노래를 부르는 사이 에릭 클랩튼, 지미 페이지 그리고 제프 벡과 링고 스타는 천천히 악기를 연주하며 배킹보컬(코러스)로 참여했다.

그와 함께 사람들이 그들이 부르는 노래를 따라 부르기 시작했다.

워낙 명곡인 만큼 여기 모인 사람들 전부 다 이 노래를 알고 있었다.

실제로 「Hey Jude」는 2012 런던 올림픽 개막식 피날레에서 폴 매카트니가 직접 부른 바 있었다.

그렇게 4분 정도가 지나갈 무렵 이 곡의 하이라이트 부분이 터져 나왔다.

BETTER! BETTER! BETTER! BETTER! BETTER! YEAH!!

그리고 이곳 런던의 심장부 피카딜리 서커스에서 떼창이 시작됐다.

Na~ Na~ Na~ NaNaNaNa~ NaNaNaNa~ HEY JUDE~

계속되는 떼창은 이 방송을 생중계로 지켜보고 있는 수많은 사람에게 퍼졌고 그들은 자신이 있는 곳이 어디든지 가리지 않고 다 함께 Na~ Na~ Na~ NaNaNaNa~를 불러댔다.
역사적인 순간이었다.

Na~ Na~ Na~ NaNaNaNa~ NaNaNaNa~ HEY JUDE~

"지금 여러분이 보시고 있는 이 장면은 실제 장면이 맞습니다. 그것도 오늘 오전 피카딜리 서커스에서 있었던 일입니다."

영국의 대표적인 공영방송 BBC 오후 뉴스에서는 오늘 있었던 이 역사적인 사건을 대대적으로 보도 중이었다.

어여쁜 여성 아나운서가 마지막 엔딩곡 무대를 가리키며 입을 열었다.

"세계적인 록 밴드 비틀즈의 전 멤버 폴 매카트니 경과 링고 스타, 그리고 에릭 클랩튼, 지미 페이지, 제프 벡 여기에 사우스 코리아에서 온 보컬리스트 한스까지 이렇게 여섯 명은 오늘 런던의 시민들에게 최고의 록 페스티벌을 선보였는데요. 다시 한번 그 무대 감상해 보시겠습니다."

화면이 전환되고 피카딜리 서커스에서 열창 중인 한수와 폴 매카트니가 화면에 나타났다.

두 사람은 서로 목소리를 주고받으며 노래를 부르고 있었다 그리고 4분 정도 지났을 무렵 「Hey Jude」의 진짜 하이라이트 부분이 흘러나오기 시작했다.

BETTER! BETTER! BETTER! BETTER! BETTER! YEAH!!

그와 함께 Na~ Na~ Na~ NaNaNaNa~ NaNaNaNa~

HEY JUDE~ 가 이어졌다.

그 순간 떼창이 이어졌다.

이곳에 모인 수백 명이 넘는 청중들이 일제히 Na~ Na~ Na~ NaNaNaNa~를 열창하고 있었다.

정말 엄청난 무대였다.

폴 매카트니와 한수의 애드립이 곁들어졌고 후렴구는 끊임없이 반복되었다. 그러다가 폴 매카트니가 Man이라고 외치자 이번에는 남자들만 후렴구를 반복해서 불렀다.

그 뒤 한수가 Woman이라고 외쳤고 이번에는 여자들이 후렴구를 반복했다.

대략 십 분 정도 후렴구가 반복된 뒤에야 노래는 끝이 났는데 그런데도 불구하고 사람들은 발걸음을 떼지 못하고 있었다.

오히려 그들은 악기를 정리하고 무대를 떠나려 하는 왕년의 스타들을 바라보며 조금이라도 더 그들을 눈에 담아두고자 하고 있었다.

"이뿐만이 아닙니다. 후렴구가 시작되었을 때 영국뿐만 아니라 세계 각지에서 이와 비슷한 현상이 일어났다고 하는데요. 프랑스, 독일, 미국, 일본 가릴 것 없이 너도나도 할 것 없이 후렴구를 열창하는 모습을 보실 수 있습니다."

아나운서 말이 끝나기 무섭게 세계 각지에서 유튜브 등을 통해 올라온 영상들이 재생되었다.

개중에는 도서관에서 이어폰을 낀 채 노래를 듣다가 떼창을 부르는 사람들도 여럿 있었고 혹자는 회사 사무실에서 떼창을 부르기도 했다.

또, 누구는 병실에 기브스를 하고 드러누워 있다가 노래를 따라 부르기까지 했다.

"그야말로 엄청난 하루였는데요. 혹자는 이들을 가리켜 슈퍼 밴드라고 부르고 있습니다. 과연 이들이 새로운 록의 중흥기를 열게 될까요? 그것을 알아보기 위해 오늘 데스크에 대중 평론가 제임스 씨를 모셨습니다."

사회적인 기현상에 대중평론가들이 줄줄이 소환됐고 그들은 각종 방송국에서 인터뷰를 진행해야 했다.

그들 모두 비슷한 내용을 늘어놓았다. 그들이 하고자 하는 이야기는 비슷했다. 좋은 노래는 오래도록 불린다는 것.

그것이었다.

한편 이 엄청난 기적을 만들어낸 오늘 급 결성되었던 슈퍼 밴드(Super Band) 멤버들은 다함께 폴 매카트니의 저택으로 이동하였다.

원래 그들은 인근 펍으로 가서 수제맥주와 함께 오늘 공연의 소감을 줄줄이 늘어놓고 싶었지만 그러기엔 보는 눈이 너무나도 많았다.

폴 매카트니의 저택은 런던 남부의 이스트 에섹스에 있었다. 폴 매카트니가 직접 설계한 대저택으로 이곳에는 그들뿐만 아니라 황 피디를 포함한 한국에서 온 촬영팀도 함께 방문할 수 있었다.

황 피디는 폴 매카트니의 저택을 촬영할 수 있다는 생각에 싱글벙글했지만 폴 매카트니가 촬영은 불가능하다고 이야기함에 따라 금세 축 처지고 말았다.

그렇다고 해도 세계적인 거장 폴 매카트니의 저택에 초대받을 수 있었다는 것만으로도 최고의 영예나 다름없었다.

그렇게 촬영팀이 따로 휴식을 취하는 동안 한수는 세계적인 거장들과 함께 생맥주를 마시며 대화를 나눴다.

그들은 공연이 끝나자마자 갖고 있던 호기심을 모두 풀려는 듯 한수를 캐물었다.

주된 궁금증은 역시 하나였다. 어떻게 해서 그게 가능하냐는 것이었다. 각각의 연주법은 다양하고 그 모든 걸 소화하는 건 불가능한 일이다.

시간이 부족하기 때문이다. 컴퓨터라면 모를까.

인간은 그게 불가능하다. 하나에만 집중해도 시간이 부족한데 수십 가지 다양한 연주법을 소화한다는 건 불가능한 일이다.

연주법이 그러한데 거기에 한수는 창법도 다양하게 소화하고 있었다.

이들 역시 음악사에 남을 천재들이었지만 그들이 보기에 한수는 그보다 더한 천재였다.

물론 그들은 한수가 가진 능력이 무엇인지 모르기 때문에 그렇게 생각하는 것이었다.

한수는 컴퓨터처럼 텔레비전에 출연한 모든 사람의 능력을 자신의 것으로 흡수할 수 있었다.

그랬기 때문에 자신이 확보하고 있는 채널에 나온 사람이라면 그가 누구 되었든 간에 그 경험과 지식, 능력 등을 모두 흡수하는 게 가능했다.

그 덕분에 원곡 가수나 원곡 기타리스트 못지않은 연주가 가능한 것이기도 했다.

어쨌든 이 사실을 모르는 한 그들은 한수를 괴물 쳐다보듯 할 수밖에 없었다.

다른 누군가가 이 이야기를 들었으면 기겁했을 것이다.

그들에게 괴물 취급을 받는, 이제 막 이십 대 중반이 되어가는 청년이라니. 그것도 잠시 그들은 한수가 내일모레 촬영이 끝나는 대로 귀국한다는 말에 아쉬움을 토로할 수밖에 없었다.

이왕이면 더 오랜 시간 한수와 음악적인 영감을 나누고 싶은 게 그들의 속내였다.

하지만 한수는 그게 불가능함을 알고 있었다.

누군가를 카피하고 또 그 능력을 자신의 것으로 활용하는 건 가능하지만 창조의 영역은 한수에게 주어지지 않은 것이었다.

그건 온전히 한수 본인의 힘만으로 해내야 했다.

이 능력은 복제만 가능할 뿐 창조는 불가능했다. 이것이 이 능력이 가지고 있는 한계였다.

저녁 식사까지 끝낸 뒤에야 그들은 다시 런던으로 돌아올 수 있었다.

한수는 폴 매카트니, 링고 스타, 에릭 클랩튼, 지미 페이지 그리고 제프 백과 서로의 연락처를 교환했다.

그들은 언제든지 한수가 런던이든 뉴욕이든 찾아온다면 양팔을 벌려 환영할 것이라고 해왔다. 그들과 헤어지고 런던으로 돌아오면서 한수는 문득 베어 그릴스를 생각했다.

그러고 보니 런던으로 오게 될 일이 있으면 한번 연락을 달라는 말이 생각났다.

그는 잘 지내고 있을까?

「내가 생존왕」 촬영 이후 한 번도 본 적이 없고 연락도 하지 않았다 보니 그 소식이 궁금했다.

그들이 런던홀릭에 도착했을 때는 오후 아홉 시 무렵이었다. 촬영팀과 함께 한수와 지연이 들어오자 런던홀릭의 사장 부부가 버선발로 달려 나왔다.

"한수 씨! 오셨어요?"

"지연 씨도 왔어요?"

"오늘 공연 정말 잘 봤어요!"

"피카딜리 서커스로 오셨었어요?"

"아, 그게…… 하하, 이러면 안 되는 줄 아는데 너무 궁금해서요. 어제 코벤트 가든 공연도 보고 싶었는데 자리를 비울 수가 없다 보니 못 보러 갔거든요."

"그래서 이번에는요?"

"이번에는 갔어요! 그리고 진짜 정신없이 공연에 몰입해서 본 거 같아요. 아…… 정말 환상적이었어요."

그들 모두 감격에 젖은 듯했다. 그건 아직 런던홀릭에서 투숙 중인 여대생 두 명도 마찬가지였다. 한수가 고개를 꾸벅 숙였다.

"그럼 먼저 들어가 볼게요."

"예, 고생하셨어요. 그리고 오늘 정말 감사했어요!"

그들이 말하는 감사하단 말에 한수는 순간 코끝이 찡해졌다. 어째서 뮤지션들이 계속 콘서트를 열고 세계 곳곳으로 순회공연을 다니는지 이해가 갔다.

관객들의 이런 반응을 보고 싶어서, 아까 전 피카딜리 서커스에서 그렇게 떼창을 하는 모습을 듣고 싶어서 공연을 다니는 것이었다.

한수와 지연은 번갈아 샤워를 끝낸 뒤 침대에 누웠다. 그러나 둘 다 좀처럼 잠을 이루지 못하고 있었다.

한수는 오늘 콘서트의 열기가 채 가라앉지 않았기 때문에, 지연은 오늘 한수가 보여준 엄청난 모습에 감명 받았기 때문이었다.

지연은 이번 앨범을 한수와 함께 공동으로 작업할 수 있게 돼서 정말 다행이라고 생각하고 있었다.

1집이 2집이 되고, 2집이 3집으로 늘어날 수도 있는 일이었으니까. 속물적인 생각일지도 모르지만 지금 그와 작업하고 싶은 가수는 줄을 서고 있을 게 분명했다.

그런 점에서 자신은 완벽한 행운을 붙잡은 것이었다. 회사 관계자들도 오늘 피카딜리 서커스에서 노래를 부른 게 한수인 걸 알게 된다면 감히 더 이상 간섭하지 못할 터였다.

싱글벙글 웃으며 지연이 잠에 소록소록 빠져들 때 한수는 스마트폰을 확인했다.

그는 뒤늦게 숙소로 와서 오늘도 여지없이 피로도를 사용하고 있었다. 그가 집중적으로 보고 있는 건 「Pop Nostalgia」 채널이었다.

오늘 여러 레전드들과 함께 하며 한수는 자신의 역량이 부족함을 깨달았다. 특히 그들과 대화를 주고받을 때마다 한수는 자신이 한참 멀었다고 생각했다.

그건 「Pop Nostalgia」 채널의 경험치가 아직 100% 완벽하게 쌓이지 않아서이기도 했다.

그런 만큼 최우선적으로 「Pop Nostalgia」 채널 경험치를 100%까지 끌어올릴 생각이었다. 그리고 그들의 음악을 더 깊숙이 들여다보고 싶었다.

여전히 자신은 발전할 수 있는 시간이 무궁무진하게 남아있었다.

그 시간을 허투루 써먹지 않을 생각이었다.

다음 날 그들은 브라이튼으로 향했다.

마지막 촬영이 그들을 기다리고 있었다.

그러나 이 날 황 피디는 그들에게 버스킹 대신 마음껏 쉬고 먹을 수 있는 자유여행권을 줬다.

애초 계획도 하루는 푹 쉴 수 있게 그들을 배려할 계획이었다고도 밝혔다.

얄밉지만 또 이렇게 보면 미워할 수 없는 게 황 피디의 매력이었다.

그렇게 한수와 지연은 브라이튼에서 멀리 떨어지지 않은 곳에 위치한 세븐 시스터즈를 돌아봤다.

깎아지른 듯한 백악질의 절벽이 해안가를 따라 이어져 있는 세븐 시스터즈는 영국에 여행 오는 사람이라면 으레 들리는 곳이었다.

그곳에서 한수는 에릭 클랩튼에게 선물 받은 기타를 짊어진 채 정신없이 걸었고 지연과 함께 음악에 대해 이야기를 나눴다.

날이 갈수록 한수의 음악 세계는 그 지평선을 넓혀가고 있었다.

「Pop Nostalgia」 채널에 대한 경험치가 날이 가면 날이 갈수록 꾸준히 쌓이고 있었기 때문이다.

그렇게 하루 휴식을 취한 뒤 귀국 날이 되었다.

어느새 정든 영국을 떠나야 할 시간이었다.

많은 사람을 만나 인연을 이뤘고 또 엄청 많은 추억을 쌓기도 했다.

아쉬움이 남았다.

조금 더 머무르며 버스킹을 하고 싶었다.

보다 많은 사람과 음악적인 교류를 나누고 싶었다.

그러나 그건 「싱앤트립」 시즌2로 미뤄야 할 것 같았다.

그리고 그들은 공항에 도착했을 때 뜻밖의 사람을 만날 수 있었다.

그는 에드 시런이었다. 피카딜리 서커스에서 한수를 만나고자 했던 에드 시런이었지만 너무 많은 인파 때문에 그 뜻을 이루지 못했다.

그 대신 에드 시런은 공항에 나와 기어코 한수를 만난 것이었다. 하지만 곧 귀국해야 하는 탓에 에드 시런은 자신의 연락처와 언제 같이 한번 연주하고 싶다는 메시지만을 남긴 채 떠났다.

그 뒤, 「싱앤트립」 팀은 정들었던 런던을 떠나 귀국행 비행기에 몸을 실었다. 그렇게 그들이 귀국하기 위해 열두 시간 정도 장시간 비행을 하고 있을 때였다.

각종 외국 언론에도 런던에서 있었던 깜짝 록 페스티벌이 소개되기 시작했고 동시에 젊은 동양인 보컬리스트의 정체도 밝혀졌다.

사우스 코리아에서 온 가수 강한수.

뒤늦게 그것을 알게 된 국내 기자들이 부랴부랴 기사를 띄우기 시작했고 그들이 귀국하는 열두 시간 동안 조용하던 대한민국은 180도 변해 있었다.

폭풍이 인천국제공항을 향해 밀어닥치고 있었다.

런던에서 출발한 국적기가 인천국제공항에 도착한 건 저녁 무렵이 다 되어서였다.

3박 4일 촬영이 끝난 뒤 비로소 대한민국에 도착한 「싱앤트립」제작진과 한수, 지연은 여전히 아쉬운 기색이 역력했다.

지난 3박 4일 동안 런던에서 있었던 모든 일이 꿈처럼 느껴질 정도였다.

그렇게 인천국제공항에 도착하고 비행기에서 내리는 동안 한수는 스마트폰을 껐다가 켰다.

인터넷을 잡기 위해서였다.

스마트폰이 켜지는 사이 옆자리에 앉아 있던 지연이 그런 한수를 보며 물었다.

"너는 무슨 뮤직비디오를 그렇게 많이 담아왔어? 쉬지 않고 계속 보던데."

"아, 왔다 갔다 하는 동안 심심할 거 같아서 최대한 꽉꽉 채워 왔었어."

지연은 혀를 내둘렀다. 12시간 내내 한수는 스마트폰을 쥔 채 꾸준히 스마트폰으로 외국 팝송 무대를 보고 있었다.

개중에는 뮤직 비디오도 있었고 생방송 무대 영상도 있었다. 하나하나 용량이 꽤 될 텐데 그 많은 동영상을 스마트폰에 담아왔다는 게 신기할 정도였다.

그러나 한편으로는 저런 노력 덕분에 이 정도 위치까지 올라설 수 있었던 게 아닌가 싶었다. 실제로 자신이 잘 때에도 그는 스마트폰을 보고 있었고 자고 일어났을 때도 스마트폰으로 영상을 보고 있었기 때문이다.

도대체 그가 언제 잘까 싶을 정도였다.

그렇게 스마트폰을 켰을 때였다. 한수는 눈을 끔뻑였다. LTE 신호가 잡히더니 줄줄이 부재중전화와 아직 읽지 않은 카톡 메시지 그리고 문자 메시지가 좌르르륵 올라가기 시작했다.

그게 얼마나 많은지 계속해서 알림창이 올라가고 있었다. 한수가 당황한 얼굴로 스마트폰을 바라봤다.

"도대체 뭔 일이지?"

지연도 덩달아 스마트폰을 껐다가 켰다. 그런데 그녀 스마트폰도 사정이 비슷한 건 마찬가지였다.

계속해서 알림창이 주르륵 올라가고 있었다. 한수는 어떤 웹사이트에서 이와 비슷한 현상을 본 적 있었다.

어떤 축구선수의 스마트폰이었는데 팔로워가 워낙 많다 보니 SNS에 글 하나만 올려도 알림이 엄청나게 많이 뜨곤 했다.

한수나 지연의 휴대폰이 지금 그와 비슷한 현상을 보이고 있었다. 그러다가 어느 순간 알림이 멈췄다.

한수는 스마트폰에 쌓인 어마어마한 부재중전화와 메시지를 보며 눈매를 좁혔다.

일단 가장 급한 것부터 확인해야 했다. 그리고 메시지를 확인하려 할 때였다.

바로 전화가 걸려왔다. 처음 보는 전화번호였다.

거절하고 다시 메시지를 확인하려 할 때 재차 전화가 걸려왔다. 전부 다 모르는 전화번호였다.

'아, 미치겠네.'

한수가 눈살을 찌푸렸다. 그러는 사이 상황을 알아챈 황 피디가 한수에게 부랴부랴 다가왔다.

인천국제공항 출입국관리소로 가는 통로에 있던 한수가 반색하며 황 피디를 반겼다. 여전히 모르는 번호로 계속해서 전화가 쏟아지고 있는 중이었다.

"황 피디님, 이게 도대체 무슨……."

"알았어."

"예? 뭘요?"

"기자들이 냄새를 맡았다고. 하긴 모를 리가 없지. 이미 세계 각국이 이 일로 떠들썩한데 모른다는 게 말이 안 되는 거긴 하지만. 어쨌든 네가 피카딜리 서커스에서 록 페스티벌한 걸 기자들이 다 눈치챘다고."

"……정말이에요?"

한수는 그제야 지금 무슨 일이 일어난 건지 알 수 있었다. 아마도 입국장 앞에는 기자들이 엄청나게 모여들어 진을 치고 있을 게 뻔했다.

또다시 기자회견을 해야 할지도 몰랐다. 한수가 황 피디를 쳐다보며 말을 꺼내려 할 때였다.

인천국제공항 관계자로 보이는 사람들이 황 피디를 향해 걸어왔다. 그가 황 피디, 한수와 지연을 번갈아 보더니 조심스럽게 물었다.

"혹시 TBC 관계자분들 되십니까?"

"예. 황영석입니다. 피디고요. 누구시죠?"

"아, 예. 저는 인천국제공항 공항 안전처장 장시운이라고 합니다. 두 분께서 이번 비행기로 입국하신다는 이야기를 듣고 기다리고 있었습니다."

공항 안전처장이라는 말에 한수가 조심스럽게 물었다.

"……지금 입국장이 많이 시끄럽나요?"

"……말도 마세요. 장난 아닙니다."

장시운이 한숨을 내쉬었다.

"이렇게 많은 인파는 처음입니다. 한류스타 아이돌이 입국할 때도 이 정도는 아니었는데…….."

"그렇게 기자가 많아요?"

"기자만이 아닙니다. 삼십 대 장년들이 어마어마하게 많습니다."

한수가 머리를 긁적였다. 지금 이 상황을 반겨야 하는 건지 말아야 하는 건지 머릿속이 복잡했다.

하필이면 삼, 사십 대 장년들이라니. 그러나 그는 어째서 삼, 사십 대 장년들이 모여든 건지 알 수 있었다.

그들 대부분 록빠일 것이다. 그런데 한수가 피카딜리 서커스에서 그렇게나 화려한 록 페스티벌을 벌였으니 당연히 이곳까지 달려올 수밖에 없었을 터다.

게다가 오늘은 토요일이었다. 회사도 쉬는 마당에 이곳까지 오는 게 뭐가 어렵겠는가.

"이럴 줄 알았으면 평일에 맞춰 귀국할 걸 그랬네요."

"처장님, 달리 빠져나갈 방법이 없을까요?"

황 피디도 그 의견에 동조했다. 원래대로라면 기자들과 인터뷰를 하는 게 낫다. 공짜로 프로그램 홍보를 할 수 있는 기회다.

하지만 지금 공항 안전처장의 말만 들어보면 자칫 잘못했다가 저 많은 인파에 깔리게 될지도 몰랐다. 안전을 도외시할 수는 없는 노릇이었다.

황 피디는 급한 대로 아는 기자들에게 기자회견은 나중에 따로 장소를 잡아서 하겠다고 문자를 돌렸다. 괜히 그들이 심통이 나서 말도 안 되는 억측을 쏟아낼까 봐 우려했기 때문이다.

한수와 지연도 각각 소속되어 있는 매니지먼트에 연락을

취했다. 그렇게 상황을 일단락지은 다음 그들은 공항 안전처장의 뒤를 쫓았다. 공항 뒷길로 빠져나가기 위해서였다.

이곳까지 온 수많은 팬의 얼굴도 못 본 채 떠나야 한다는 게 마음에 걸렸지만 안전 때문에 어쩔 수 없는 일이었다. 촬영팀은 조금 기다렸다가 상황이 진정이 되면 입국장으로 빠져나가는 걸로 하고 한수와 지연 두 사람만 매니저들과 함께 뒷길로 빠져나왔을 때였다.

공항에서 준비한 자동차를 타고 서울로 빠져나가려 할 때 수많은 인파가 그들을 향해 밀려들어 오기 시작했다.

"어, 어떻게 된 거야?"

공항 안전처장이 당혹스러워하는 게 눈에 보였다.

"그, 그게 기자들이 하나둘 쑥덕이다가 빠져나가는 걸 보고 눈치를 챈 모양입니다."

"미친. 빨리 출발해. 너희들은 질서 유지시키고. 이곳으로 들어오지 못하게 막아."

난리도 아니었다. 삼십 대에서 사십 대, 아니, 그보다 더 나이 많아 보이는 장년들이 우글우글 몰려들고 있었다.

그들 모두 한수를 보려고 여기까지 몰려든 팬들이었다.

그보다 한발 앞서 한수와 지연이 탄 밴이 급하게 인천국제공항을 빠져나가기 시작했다. 그리고 공항 안전요원들이 밀려들어 오는 사람들을 통제했다.

한수는 그들을 보고 있자니 마음 한구석이 씁쓸했다.

그러나 어쩔 수 없는 일이었다. 지금은 안전이 최우선이었다.

한수가 먼저 구름나무 엔터테인먼트 사옥에 도착했다. 그가 매니저와 함께 캐리어를 끌고 밴에서 내렸다.

"감사합니다, 기사님."

"아이고, 별말씀을요. 진짜 공연 기가 막혔습니다! 정말 최고였어요."

운전기사는 연신 싱글벙글하고 있었다. 한수와 지연이 연달아 그한테 사인을 해줘서가 아니었다.

밴을 타고 서울로 이동하는 도중에 그들이 기타를 들고 듀엣으로 노래를 불러서였다. 감미로운 그 연주와 노래에 운전기사는 몇 차례 핸들을 놓칠 뻔도 했었다.

"나중에 연락할게. 조심히 들어가."

"어, 너도. 다음에 또 봐."

지연을 떠나보낸 뒤 한수는 김 실장과 함께 구름나무 엔터테인먼트 사옥 안에 들어섰다.

그런데 지하 1층 복도에서 이미 세 사람이 그들을 기다리고 있었다. 구름나무 엔터테인먼트 이형석 대표와 박석준 3팀장

그리고 윤환이었다.

한수가 뭐라고 말을 하기도 전에 윤환이 한수에게 다가왔다. 그리고 강하게 그를 끌어안았다.

"역시! 잘하고 왔다! 네가 최고다!"

"예? 이거 무슨 몰래카메라 같은 거예요?"

"인마, 몰래카메라라는 무슨. 여기 어디 카메라 같은 게 있냐? 네가 그 피카딜리 서커스에서 그 레전드들과 함께 공연한 게 가슴 벅차서 그래."

"……하하. 부끄럽네요."

"부끄럽긴 뭘. 이거 봤냐?"

한수는 의아한 얼굴로 윤환을 바라봤다.

그는 계속해서 요란스럽게 울려대는 스마트폰을 아예 꺼둔 상태였다. 그렇다 보니 무슨 일이 있었는지 감도 못 잡고 있었다.

윤환이 스마트폰을 보여줬다.

외국 기사였다. 그리고 BBC 1면에 대서특필된 기사였다.

「피카딜리 서커스에서 기적의 무대가 열리다!」

손발이 오글오글거리게 하는 기사 제목에 한수가 얼굴을 붉혔다.

기사 내용도 가관이었다.

록을 융성하게 했던 레전드들이 모두 뛰쳐나와 공연을 벌였다고 하고 있었다.

그런데 그들이 이렇게 모여서 무대를 연 건 동양에서 온 젊은 보컬리스트 겸 기타리스트를 위해서라고 서술되어 있었다. 마치 한수가 그들이 공동으로 키우는 제자인 것처럼 표현한 것이었다.

게다가 그가 새로운 록의 중흥기를 이끌 수 있을지 기대가 된다고 끝마침을 하고 있었다. 한수는 그것을 보며 한숨을 길게 내쉬었다.

그러나 BBC 1면에 대서특필된 기사는 이미 곳곳으로 퍼져나간 지 오래였다. 실제로 국내 최대 포털 사이트 연예란 대문에도 「피카딜리 서커스에서 떼창을 부르게 만든 한국인, 새로운 K팝 열풍을 불러일으킬까?」라는 낯 뜨거운 기사가 올라가 있었다.

"아, 미친. 이게 뭐예요? 무슨 얼어 죽을 새로운 K팝 열풍이에요."

"크큭. 그만큼 사람들이 스타에 목말라 있다는 거야. 특히 요새 K팝이 주춤거리잖냐."

"아니, 제가 부른 게 K팝이면 이해를 해요. 록이잖아요. 근데 그게 K팝하고 무슨 연관이 있다고……."

"네가 그만큼 어마어마한 짓을 저질렀기 때문이야. 인마, 버스킹하고 오랬지. 누가 거기서 콘서트를 열라고 했냐?"

한수는 그 말에 멋쩍어할 수밖에 없었다.

하지만 그도 일이 이렇게 커질 거라고는 전혀 생각지도 못했었다. 그런 전설들과 줄줄이 만날지는 아마 그 누구도 생각지 못했을 것이다. 그때 이형석 대표가 한수를 보며 말했다.

"한수 씨, 혹시 록스타가 될 생각은 없는 겁니까?"

"대표님까지 왜 그러세요. 저는 아직 딱히 뭐가 되고 싶겠다, 생각해 본 적은 없어요."

한수의 궁극적인 목표는 채널 마스터다. 그가 버스킹을 한 것도 그 연장선에 서 있는 일이었다.

그 덕분에 「Pop Nostalgia」 채널은 100% 완성을 시켰고 피카딜리 서커스에서 벌인 콘서트 덕분에 엄청난 성과를 거뒀다고 하면서 두둑한 보상도 받은 상태였다.

게다가 지금 그 공연이 전 세계로 알려지면서 명성 수치가 어마어마한 속도로 쌓이고 있었다. 조만간 이 명성 포인트를 가지고 새로운 능력을 추가로 얻게 될 것 같았다.

잘하면 상위 카테고리에 있는 채널들을 다수 확보하는 것도 가능해질 수 있었다. 어쩌면 지상파는 어렵겠지만 종편, 혹은 드라마나 영화 정도는 가능하지 않을까 추측 중이었다.

그럴 때 누군가에게서 온 전화를 받던 이형석 대표가 인상을 구겼다.

"……검토해 보겠다고 말씀드렸잖습니까? 마침 한수 씨도 귀국했다고 하니까 함께 이야기해 보겠습니다."

전화를 끊는 이형석 대표의 이마에는 전에 없던 주름살이 깊게 패여 있었다.

한수가 의아한 얼굴로 물었다.

"누구 전화기에 그러세요?"

3팀장이 대신 말했다.

"아, ABC 예능국 국장님이야. 너 섭외하려고 난리가 났 거든."

그 말에 이형석 대표가 고개를 절레절레 저었다.

"ABC 아니다. UBC 예능국장이야. 예전에 했던「내가 바로 가수다!」그거 시즌2 다시 제작해 볼 거라고 한수 씨도 섭외되 겠냐고 물어본다. 하하."

"……."

3팀장이 고개를 절레절레 저었다.

"요즘 회사 사정이 이래. 다 너 찾느라고 난리가 났어."

그러나 여전히 실감이 나지 않았다. 공항에 모여 있던 수많 은 팬도, 자신을 섭외하려는 전화가 물밀 듯 밀려오는 것도 뭔 가 멀리 떨어진 일처럼 느껴졌다.

그러나 3팀장이 건넨 스마트폰을 보고 한수는 비로소 실감

을 할 수 있었다. 귀국 이후 그의 스케줄은 그야말로 살인적
이라는 말로도 모자를 만큼 빡빡하게 들어찬 상태였다.

"하하하."

벌써부터 런던이 그리웠다.

CHAPTER 3

　다행히 귀국 당일인 오늘 촬영은 예정된 바가 없었다.

　한수는 한숨을 길게 내쉬며 촬영 일정을 확인했다. 다음 주부터 밀린 녹화 스케줄이 줄줄이 잡혀 있었다. 「마스크싱어」, 「쉐프의 비법」 녹화가 일단 가장 급했다.

　그것 말고 「자급자족 in 정글」 촬영도 예정되어 있었다. 인도네시아 쪽을 알아본다고 하더니 수마트라 인근으로 다시 떠날 예정인 듯했다.

　그뿐만 아니라 「음악중심」, 「인기가요」, 「뮤직뱅크」 등 지상파 3사 음악 프로그램 녹화도 예정된 상태였다.

　지상파 3사 음악 프로그램은 딱 한 주만 녹화할 예정이었는데 이는 지연과 함께 낸 「권지연&강한수 1집」 발매 때문이었다.

첫 주에는 그래도 듀엣으로 노래를 부른 한수가 함께 나가는 게 맞지 않겠냐는 이야기가 있었고 협의 끝에 구름나무 엔터테인먼트도 한수를 딱 한 주만 내보내기로 한 것이었다.

"휴, 녹화만 해도 벌써 여섯 개네요."

"그것뿐만이 아니야."

"예? 그럼 또 뭐가 더 있어요?"

"「유시윤의 드로잉북」 알지?"

"예. 알고말고요."

최근 들어 고품격 음악프로그램이 급격히 줄어든 상태에서 「유시윤의 드로잉북」은 라이브 무대만을 고수하는 탓에 실력파 가수들이 꽤 많이 출연했고 꽤 많은 코어팬들을 확보한 덕분에 밤늦게 방송하는데도 불구하고 시청률이 2% 중반대를 찍고 있었다.

한수도 대학생일 때 종종 찾아 듣고 하다 보니 감회가 남달랐다.

"그쪽에서도 섭외 들어왔어. 뭐, UBC에서도 「내가 바로 가수다!」 시즌2 제작한다고 하고 있긴 한데 그건 아직 확정된 건 아니야."

"이게 끝인 거죠?"

"이제 시작인데?"

그 이후로 3팀장이 속사포처럼 이야기를 꺼내놓았다.

방송 섭외 말고도 광고 모델 제의가 엄청 많이 왔다고 했다.

타깃 연령층은 30대에서 40대 중장년층.

한수가 피카딜리 서커스에서 벌인 일이 30대─40대 중장년층의 향수를 불러일으켰고 그것 때문에 이들 연령층을 타깃으로 한 광고 회사에서 모델 섭외 제안이 줄줄이 들어오고 있다고 했다.

그뿐만 아니라 잘 나가는 연예인들이라면 으레 찍기 마련인 코카콜라에서도 광고 협찬이 들어왔다고 했다.

어쨌든 굵직굵직한 계약건만 해도 수십 개에 이를 정도였고 전부 다 한수와의 논의를 필요로 하는 것들이었다.

그밖에도 한수를 찾는 손길은 곳곳에 넘쳐흐르고 있었다.

일약 슈퍼스타로 탈바꿈해 버린 한수를 보며 윤환이 물었다.

"하룻밤 사이에 스타가 된 기분이 어떠냐?"

한수가 웃으며 말했다.

"사실 예상은 하고 있었어요."

"뭐? 이 새끼 봐라. 너 많이 컸다?"

"하하. 그 정도 난리를 쳐놨는데 아무 반응이 없으면 오히려 섭섭하죠."

"유명세에 시달리게 될 텐데? 그래도 상관없어?"

"이미 이 바닥에 발을 담근 이상 각오해야 한다고 말하신 건 형인데요?"

"내가? 어, 그랬나?"

윤환이 머리를 긁적였다.

그것도 잠시 한수는 하루 쉰 다음 바쁘게 스케줄을 소화해야 한다는 생각에 한숨을 길게 내쉬었다. 눈코 뜰 새 없이 바쁠 게 분명해 보였기 때문이다.

일단 첫 녹화는 바로 내일 있을 「인기가요」 녹화였다.

일요일에 사전 녹화하는 「인기가요」는 그다음 주 낮 12시 10분에 방송되곤 했다.

그래도 지상파 방송국에 가서 상큼한 걸그룹 아이돌을 볼 수 있다는 생각에 한수는 입가에 미소를 그렸다.

다음 날 새벽 일찍 한수는 미리 집 앞에서 대기하고 있던 김 실장의 밴을 타고 곧장 미용실로 향했다.

오늘은 「인기가요」 녹화가 있는 날이었다.

그러나 이렇게 새벽 일찍부터 움직이게 될 줄은 생각지도 못한 일이었다.

한수가 피곤한 얼굴로 김 실장을 보며 물었다.

"실장님, 원래 아이돌은 다들 이렇게 바빠요?"

"아무래도 그렇지. 2팀은 사녹 날만 되면 정신없이 바쁘더라."

김 실장이 말한 2팀은 구름나무 엔터테인먼트에 소속되어 있는 3개의 팀 가운데 가수들을 총괄하고 있는 팀을 일컫는 말이다.

배우를 담당하는 게 1팀, 가수를 담당하는 게 2팀 그리고 그밖에 떨거지(?)를 담당하는 게 3팀이었다.

그러나 요즘 구름나무 엔터테인먼트에서 가장 잘 나가고 있는 건 바로 3팀이었다.

한수와 윤환, 두 사람 덕분이었다.

그들은 평소 2팀이 자주 이용한다는 미용실에 도착할 수 있었다.

사전에 예약이 되어 있는 덕분에 한수는 곧장 헤어 스타일링과 메이크업을 받을 수 있었다.

그렇게 한수가 준비하는 동안 미용실에서 자신의 차례를 기다리고 있던 몇몇 아이돌이 한수를 힐끔거렸다.

그들은 놀란 얼굴로 저마다 이야기를 주고받으며 속닥거렸다.

그때였다. 미용실 문이 열리고 또 다른 아이돌들이 우르르 들어왔다. 이야기를 주고받던 아이돌들이 그들을 보고는 깍듯하게 고개를 숙였다.

"선배님들, 오셨습니까?"

남자 아이돌 중에서는 단연 탑5 안에 드는 「블루블랙」이었다. 짐승돌로 유명한 그들이 들어오자 미용실 안이 왁자지껄해졌다.

"어, 수고. 다들 무슨 일 있어?"

「블루블랙」의 리더 양훈이 자신을 향해 인사해 오는 후배들을 보며 물었다.

오늘따라 미용실이 평소 같지 않게 조용했다.

그렇다는 건 누군가 급 높은 연예인이 이곳에 와 있다는 의미였다.

"아, 그게…… 강한수 씨 아시죠? 그 사람이 여기 와 있어요."

"뭐? 한수가 와 있다고? 어디?"

그 말에 놀란 건 「블루블랙」의 멤버 가운데 한 명인 석진이었다. 석진은 미용실을 두리번거리더니 한수를 발견하고는 다급히 달려왔다.

"야! 강한수! 너 연락도 안 받고 너무하는 거 아니냐?"

한창 메이크업을 받고 있던 한수가 어색하게 인사를 건넸다.

"형, 여기는 어쩐 일이에요?"

"어쩐 일이긴, 우리 오늘 음방 촬영 있어서 왔지. 너도야?"

"예, 지연이 서포트하기로 했거든요."

"아, 그보다 너 연락은 왜 안 받아? 내가 카톡을 몇 번이나 했는데. 단톡방도 수시로 들락날락한 거 알아?"

"죄송해요. 요새 너무 바빠서……."

한수가 멋쩍게 웃었다.

석진이 그런 한수를 바라보며 조심스러운 목소리로 물었다.

"너 「자급자족 in 정글」하차한다는 썰 있던데 사실 아니지?"

"예? 누가 그래요?"

"그냥. 요새 소문이 그래. 네가 엄청 유명세 타면서 하차한다는 이야기도 돌더라고. 구름나무 엔터테인먼트에서 그렇게 추진 중이라는 이야기도 있고."

석진이 자신이 들은 이야기를 미주알고주알 꺼내놓았다.

한수는 왜 그런 소문이 돌고 있는지 이해할 수 있을 것 같았다.

「자급자족 in 정글」은 극단적인 프로그램이었다.

여기서 극단적인 프로그램이라는 의미는 장단점이 명확하게 나뉜다는 뜻이었다.

우선 장점은 일단 누구나 다 이름만 들으면 아는 국민 예능 프로그램이라는 점이다. 이름을 알리고 싶은 무명 연예인이라면 누구나 한번쯤은 출연하고 싶어 한다.

게다가 IBC의 간판 예능 프로그램이다. 시청률이 1%로 떨어지지 않는 이상 IBC는 어떻게 해서든 「자급자족 in 정글」을 끝까지 끌고 나갈 가능성이 높았다.

또 하나, 함께 하는 출연자들이 다들 케미가 좋다는 점이었다. 철만은 말한 것도 없고 형준이나 석진, 혜윤까지 모두들 좋은 형, 누나들이다.

연예계에 정수아 같은 수준 미달의 인간들이 많다는 걸 감 안하면 한수는 첫 예능 프로그램부터 정말 좋은 사람들을 만 난 셈이다.

그러나 장점만큼 단점도 많았다.

언젠가 「자급자족 in 정글」 촬영이 끝나고 한국으로 귀국해 서 회식을 가진 적이 있었다.

그때 한수는 「자급자족 in 정글」 선배들에게 그들이 떠안고 있는 고충에 대해서도 들었다.

일단 가장 큰 것은 건강에 적신호가 온다는 것이었다.

그렇다 보니 다들 촬영이 끝나면 꼭 한 번씩은 병원에 입원 하곤 한다고 했다. 그것뿐만 아니라 5년째 「자급자족 in 정글」 촬영을 하다 보니 그에 모든 게 맞춰졌다고 했다.

그래서 문제인 게 다른 프로그램을 녹화할 때면 그 촬영 환 경에 좀처럼 적응하기 어렵다는 것이었다. 그러면서 사람들 과의 낯가림도 심해졌고 「자급자족 in 정글」 멤버들끼리만 어 울리는 경향도 생겼다고 했다.

석진은 그나마 아이돌이다 보니 외부활동이 많아서 그게 덜 했지만 철만이나 형준, 혜윤 같은 경우는 「자급자족 in 정글」을 빼면 다른 프로그램은 거의 촬영을 기피하는 편이라고 했다.

그곳 제작진 및 출연자들과 쉽게 어울릴 수가 없어져 버린 것이다.

석진도 그 점을 염려하고 있는 듯했다.

요즘 들어 「자급자족 in 정글」이 제2의 전성기를 맞이한 건 다름 아닌 한수 덕분이었다.

한수가 베어 그릴스 못지않은 활약을 연거푸 펼쳐보였고 그 덕분에 팀 전체가 무인도 같은 곳에서 뛰어난 생존기술을 선보이면서 시청자들도 보다 더 대리만족하며 볼 수 있게 된 것이다.

점점 삶이 퍽퍽해져 가고 온갖 괴로운 일에 치이는 지금 예능 프로그램에서마저 퍽퍽한 고구마를 삼키고 싶어 하지 않는 게 요즘 트렌드였다.

그 와중에 「자급자족 in 정글」은 연달아 제작진을 엿 먹이는 등 사이다를 선사하면서 새로운 트렌드를 만들어가고 있었다.

실제로 한수가 출연한 「하루 세끼」나 「무엇이든 만들어드려요」도 트렌드가 비슷했다. 시청자들에게는 힐링과 사이다를, 제작진에게는 고구마와 목막힘을 선사했다.

한수가 석진을 보며 손사래를 쳤다.

"걱정 마요. 설령 제 소속사에서 그렇게 추진한다고 해도 제가 반대하면 소용없어요. 저는 계속 「자급자족 in 정글」에 출연하고 싶어요."

정수아 사건 이후 더욱더 똘똘 뭉친 「자급자족 in 정글」 멤버들이었다.

그렇다 보니 그들은 더욱더 끈끈해져 있었다.

"그래, 믿는다."

석진이 환하게 웃었다.

석진 덕분에 「블루블랙」이나 이곳에 모인 다른 아이돌들과도 인사를 나눈 뒤 한수는 먼저 IBC로 향했다.

IBC에 도착한 다음 한수가 제일 먼저 향한 곳은 대기실이었다.

대기실 복도에는 평소 텔레비전에서나 볼 수 있던 아이돌들이 득실거리고 있었다.

남자 아이돌도 꽤 많았지만 한수의 눈을 사로잡은 건 여자아이돌이었다.

김 실장도 마찬가지인 듯 얼굴을 붉혔다.

거의 수영복이나 다름없을 정도로 짧은 의상을 입은 채 늘씬한 각선미를 드러내놓고 다니는 걸그룹 멤버도 있었고 레이스가 달린 교복을 입고 화장을 고치는 멤버도 보였다.

"……꿀꺽."

생소한 현장에 한수는 자신도 모르게 침을 꿀꺽 삼켰다.

"한수야, 정신 차려."

"……실장님, 거기 침이나 닦고 말하세요."

김 실장이 다급히 소매를 훔쳤다.

그때였다.

한수를 알아본 몇몇 걸그룹 멤버들이 눈을 휘둥그레 떴다.

"강한수 맞지?"

"와, 대박!"

"연예인이다!"

한수가 어색하게 웃었다.

'그쪽도 연예인인데……'

그러나 그들은 진짜 한수를 경외로운 시선으로 바라보고 있었다. 무명 걸그룹인 그들에게 한수는 그야말로 시선이 닿을 수 없는 곳에 위치한 톱스타나 마찬가지였다.

"반가워요. 강한수입니다."

"안녕하세요. 저흰 사랑스러움으로 무장한 캔디러브입니다. 잘 부탁드립니다."

레이스 달린 교복을 입고 있던 걸그룹 멤버들이 고개를 90도 숙였다.

그밖에 다른 아이돌들과도 인사를 나눈 뒤 한수는 지연과 자신에게 주어진 대기실로 들어왔다.

이름 없는 아이돌은 비좁은 대기실을 함께 쓰는데 그와 지연에게 주어진 대기실은 그 대기실에 비하면 궁궐만 했다.

"권지연 씨 때문에 이곳을 내준 거야. 아마 오늘 사녹하는 가수 중에서는 지연 씨가 가장 인지도가 높을 거거든."

"아하, 결국 인지도가 가장 중요한 거네요."

"그럼. 그래서 다들 뜨고 싶어서 어떻게든 눈에 띄려 하는 거야. 그러니까 아까 전 교복이나 수영복 같은 옷도 입는 거고. 솔직히 누가 저런 옷 입고 무대에 서고 싶겠냐? 그러나 중소 소속사 입장에서는 어떻게든 눈에 들게 하고 싶어 할 거야. 애초에 「인기가요」 사녹하려고 불을 키고 매달리는 곳도 적지 않거든."

치열한 경쟁사회.

한수가 혀를 내둘렀다. 그때 대기실 문이 열리고 지연이 들어왔다. 그녀는 오늘 단단히 힘을 준 듯 평소보다 몇 배 더 예뻐 보였다.

하루 만에 다시 만나는 것이긴 했지만 왠지 모르게 어색했다.

"메이크업 받았나 보네?"

지연이 먼저 말문을 열었다.

"어, 너도 되게 예쁘게 하고 왔네."

"오랜만에 복귀하는 거잖아. 오늘 잘 부탁해."

"나야말로."

그리고 「인기가요」 리허설이 시작됐다.

한수와 지연은 각자 이름이 적힌 명찰을 달고 무대 위에 올라섰다.

리허설(Rehearsal)은 공연을 앞두고 실제처럼 하는 연습을 일컫는 말로 필수적으로 거쳐야 하는 코스였다.

물론 어떤 가수는 감정을 고조시키기 위해 일부러 리허설을 하지 않는다고 하지만 한수는 보다 더 완벽한 무대를 만들기 위해서 리허설은 필수라고 생각하고 있었다.

두 사람이 리허설을 한다는 말에 대기실에 있던, 오늘 「인기가요」에 출연하는 몇몇 아이돌과 인디밴드 가수들이 슬금슬금 기어 나왔다.

그들은 무대에 마주 앉아 있는 한수와 지연을 번갈아 쳐다봤다.

노래만큼이나 그들 두 사람도 분위기가 잘 어울렸다. 두 사람이 오늘 부르기로 한 노래는 「별처럼」와 「폭포수」, 두 가지 듀엣 노래였다.

거기에 지연이 컴백 기념으로 그녀의 수록곡 한 곡을 더 부르기로 한 상태였다.

"준비됐어?"

"어, 문제없어."

"그럼 시작할까?"

"응, 그래."

두 사람은 자연스럽게 말을 주고받으며 첫 번째 노래를 부르기 시작했다.

감미롭고 서정적인 가사와 맞물려 은하수처럼 영롱하게 빛나는 두 사람의 노래가 이곳 사전 녹화장을 부드럽게 감싸 안았다. 그렇게 노래가 끝나갈 무렵 여기 모인 사람들은 저도 모르게 탄성을 흘렸다.

"와, 미쳤다."

"장난 아니다. 진짜."

"지연 선배님, 사랑해요!"

여자 아이돌은 지연을 보고 푹 반해 버린 표정을 짓고 있었다.

사람의 마음을 구구절절 녹이는 그런 매력이 있었다. 한수의 목소리도 감미로웠다. 그들 두 사람이 만들어내는 앙상블은 사람들로 하여금 행복을 느끼게 하기에 충분했다.

리허설 무대를 지켜보던 「인기가요」 김 피디도 입가에 미소를 그렸다. 그동안 적지 않은 가수들의 무대를 봐왔지만 이런 무대는 오랜만이었다.

눈으로 보는 노래가 아닌 귀로 듣는 노래였다.

저 애절한 목소리에 금세 눈시울이 붉어졌고 감미롭고 서정적인 가사에 야근으로 인해 쩍쩍 갈라져 있던 마음에 새파란 풀잎이 돋아나는 것만 같았다.

그러는 사이 두 번째 무대가 시작됐다. 이번에는 「폭포수」였다.

「별처럼」과는 상반되는 매력을 갖고 있는 노래였다.

파워풀한 무대에 다들 박수갈채를 내보냈다. 쇼케이스에서부터 화제가 되었던 하이라이트 부분에 이르러서는 김 피디마저 자리에서 벌떡 일어섰을 만큼 엄청난 매력을 보이고 있었다.

"지금 루비 순위가 어떻게 돼?"

국내 최대의 음원 사이트 루비(Ruby), 조연출 한 명이 스마트폰으로 음원 순위를 확인하고서는 곧장 대답했다.

"실시간차트 1위가「폭포수」, 2위가「별처럼」입니다."

"쇼케이스 이후로 줄곧 1, 2위하고 있는 거지?"

"예? 아,「권지연&강한수」1집 전체곡이 지금 상위 1위부터 10위까지 전부 다 차지하고 있는 중입니다."

쇼케이스를 가진지도 일주일 약간 안 되는 시간이 흘렀지만 여전히 두 사람의 노래는 루비 최상위권을 몽땅 점유하고 있었다.

실제로 그것 때문에 신곡을 내놓지 못하고 있다는 몇몇 소속사들도 있었다.

대부분 1위를 노린다. 일단 루비에서 1위에 올라서야만 지상파 3사 음악 프로그램에서 1위를 차지할 가능성이 높기 때문이다.

그런 탓에 그들은 언제 음원강자들이 출몰하는지 알아낸 다음 그 시기를 절묘하게 피하고자 애쓰곤 한다.

실제로 작년 초 TBC에서 방영된 드라마가 엄청나게 화제를 끌었고 그 드라마 OST도 덩달아 루비 최상위권을 휩쓴 적이 있었다.

몇몇 아이돌 그룹이나 보컬리스트가 1위를 빼앗고자 음원을 발매했지만 죄다 죽 쑤고 망하기 일쑤였다.

UBC에서 하는 예능 프로그램. 이 프로그램도 격주마다 가요제를 여는데 가요제에 나온 음원들이 루비에 풀릴 때마다 일부 가수들은 어마어마한 피해를 보곤 했다.

그 프로그램의 골수팬들이 음원을 스트리밍하다 보니 화력 면에서 비교가 되지 않기 때문이다.

그런 이해관계 속에서 지금 음원 시장에서 절대적인 강세를 보이고 있는 건 지연과 한수였다.

두 사람이 함께 부른 노래가 줄줄이 최상위권을 지배 중이었다.

어쨌든 「별처럼」과 「폭포수」, 두 곡이 모두 끝난 뒤 김 피디가 마이크로 물었다.

-둘 다 컨디션 괜찮아요?

"예! 괜찮아요!"

지연이 양손을 흔들어 보였다.

-그럼 바로 시작해 주세요.

그 말이 떨어지고 지연이 솔로곡을 부르기 시작했다.

이번 앨범에 수록되어 있는 곡으로 현재 4위 자리를 고수하고 있었다.

그렇게 지연의 노래까지 끝이 나고 리허설 무대를 마무리하려 할 때였다.

「인기가요」 김 피디가 한수에게 물었다.

─한수 씨도 한 곡 불러줄 수 있어요?

"예? 저도요?"

─네. 한수 씨 무대도 한번 리허설 보고 싶거든요. 그리고 이따 가능하면 사녹 뜨면 되고요. 어때요?

한수가 완곡하게 거절의 뜻을 드러냈다.

"죄송합니다. 제가 준비해 온 노래는 이게 전부여서요. 미리 준비라도 했으면 모를까…… 저는 없던 일로 하겠습니다."

─아쉽네요. 좋아요, 수고하셨어요. 그럼 이따 사녹 때 지금 정도만큼만 해주세요.

"……네? 정말요?"

김 피디가 고개를 갸웃거렸다.

그녀가 메인 1번 카메라에 잡힌 한수를 빤히 쳐다보며 물었다.

─왜요? 어려워요?

"아뇨. 방금 리허설은 반쯤 힘을 빼고 부른 거였거든요. 그래서 그 정도만 해도 되는 건가 싶어서요."

김 피디는 그 말에 고개를 절레절레 저었다.

방금 전 한수와 지연이 연거푸 듀엣으로 부른 두 번의 무대.

김 피디는 그것을 보며 두 사람이 리허설부터 빡세게 하는 걸 보면 단단히 준비를 해왔구나 라는 생각을 하게 되었다.

그러나 그 무대가 힘을 절반 빼고 불렀다고 이야기를 하고 있으니 어안이 벙벙했다.

"쿠쿡."

"킥킥."

주조정실에서의 웃음소리에 김 피디가 인상을 구겼다.

얼굴이 화끈거렸다.

사전 녹화는 생방송 이전에 미리 방송을 찍어두는 걸 의미한다.

최근 들어 생방송보다 사전 녹화의 비율이 높아졌고 그렇다 보니 15개 팀 이상의 가수들이 방송에 출연하는데 개중 절반 이상이 사전 녹화를 하게 된다.

사전 녹화의 우선권을 갖게 되는 건 컴백 무대다.

컴백 무대인 만큼 무대를 보다 더 다채롭게 꾸미길 원하게 되고 막대한 돈을 들여 호화로운 무대를 만들게 된다.

게다가 사전 녹화 순서는 급에 나뉘어 결정된다. 보통 신인이 먼저 사전 녹화를 하게 되고 급이 높은 가수들은 사전 녹화를 비교적 뒤에 할 수 있다.

사전 녹화 이후 생방송 무대에도 올라서야 하는데 그만큼 시간을 아낄 수 있어서다.

며칠 전부터 지연의 팬카페에는 오늘「인기가요」사전 녹화 공지가 올라왔다.

오랜만에 컴백하는 것인 데다가 음악 방송도 줄줄이 출연을 잡아놓은 덕분에 지연 팬들 입장에서는 난리도 아니었다.

어떻게 해서든 앞자리에 앉겠다고 새벽부터 일찍 모인 팬들이 우글우글거렸다.

그런데 평소였으면 10대에서 20대 팬들이 많은데 오늘은 이상하리만큼 40대, 50대 팬들이 꽤 많이 보였다.

지연의 팬카페를 운영하고 있는 팬카페 회장도 낯선 분위기에 조금 당황스러워하고 있었다.

결국, 그녀가 40대 팬에게 다가가서 물었다.

"저 실례지만 어디서 오셨어요?"

"예? 아, 안녕하세요. 강한수 응원하러 왔습니다."

"아…… 그럼 여기 모인 분들이……."

"예, 맞습니다."

팬카페 회장은 군대 못지않게 남자 냄새를 풀풀 풍기는 그들을 보며 눈을 동그랗게 떴다.

이번 사전 녹화는 지연과 한수의 듀엣 무대로 이루어져 있는 만큼 강한수의 개인 팬들도 오기로 한 건 익히 알고 있는 사실이었다.

그렇지만 그 팬층이 죄다 40대에서 50대 아저씨들로 이루어져 있을 거라고는 상상도 하질 못했다.

새삼 강한수가 안쓰러웠다.

대부분의 보이 그룹은 팬층이 10대에서 20대 여자들이다.

그녀들이 꺅꺅거리며 내지르는 비명에 핑크빛 가득한 선물들까지.

그것은 아이돌이 팬들의 사랑을 느낄 수 있게끔 한다.

실제로 권지연 팬카페에서도 오랜만의 컴백을 고대하며 별별 선물을 바리바리 싸 온 상태였다.

원래 지연은 이렇게 조공하는 걸 좋아하지 않긴 하지만 오랜만의 컴백인 만큼 절대 물러설 수 없다는 게 팬카페의 공통된 의견이었다.

물론 값비싼 선물은 없었다. 대부분 마음을 담은 소소한 선물들이었고 손편지가 주를 이루고 있었다.

그러다가 지연의 팬카페 회장이 슬며시 한수 팬카페 회원들을 쳐다봤다.

그들도 포장지에 선물을 한가득 싸 온 듯했다.

그녀가 슬쩍 아까 인사를 나눈 사십 대 아저씨를 보며 물었다.

"선물 가져오신 거예요?"

"하하, 그럼요. 사실 이런 게 처음이라서 익숙치가 않네요. 여기서 기다리면 되는 거 맞죠?"

"네, 맞아요! 그보다 선물 뭐 가져오셨는지 알려주실 수 있어요? 되게 궁금해서요."

딸 뻘 되는 팬카페 회장의 질문에 그가 쑥스러운 얼굴로 기다란 흰색 봉투에 담겨 있는 물건을 꺼냈다.

"꺄아아아악!"

그것을 본 권지연의 팬카페 회장이 비명을 내질렀다.

IBC 본관 앞을 지키고 서 있던 경비원들이 달려왔다.

"무슨 일이시죠?"

"예? 그, 그게 그냥 선물 보여드렸는데⋯⋯."

"저, 저, 저거⋯⋯ 배, 뱀이에요?"

그녀가 비명을 지른 건 다른 이유에서가 아니었다.

한수의 팬카페 회원으로 추정되는 남자가 가져온 선물 때문이었다.

황금빛으로 영롱하게 빛나는 술이 기다란 술병에 담겨 있었는데 그 안에는 머리가 세모난 뱀이 똬리를 튼 채 담겨 있었다.

"하하, 맞아요. 독사인데 독은 싹 빼냈으니 문제없어요. 이

놈이 보양식으로 죽여주거든요. 목 건강에도 최고라니까요."

"……그, 그게 선물이신가요?"

경비원이 당황한 얼굴로 그를 바라봤다.

그가 고개를 끄덕였다.

"그럼요. 제가 오늘 큰마음 먹고 가져온 거예요. 원래 자식 녀석이 결혼하면 그때 열려고 했던 건데 며칠 전 그 런던에서 강한수가 공연하는 걸 보니 가슴이 부글부글 끓어올라서…… 하하."

지연의 팬카페 회원들이 슬금슬금 한수의 팬카페 회원들과 거리를 벌리기 시작했다.

저들이 저마다 들고 있는 봉투에 어떤 선물이 담겨 있을지 예측불허였다.

어쩌면 저보다 더 심한 것들이 담겨 있을지도 몰랐다.

사전 녹화가 진행되는 동안 한수는 대기실에 앉아 쉬고 있었다.

그건 지연도 마찬가지였다.

두 사람은 여전히 음악적인 이야기를 주로 나누고 있었다.

각각의 음악적인 견해를 나누면서 의견 충돌이 오고갔고

그것을 통해 그들은 보다 더 발전적인 의견을 주고받을 수가 있었다.

그때 문을 두드리는 소리와 함께 제작진 한 명이 소리쳤다.

"30분 남았습니다!"

사전 녹화가 30분 남았다는 걸 알리고 간 뒤 대기실에 있던 메이크업 스태프들이 재빠르게 움직이기 시작했다.

그들은 다시 한번 지연의 머리를 매만졌고 스타일리스트는 의상을 점검했다.

그리고 오후 2시가 되었을 때 그들은 사전 녹화장으로 재차 향했다.

지연에게는 컴백 무대, 한수에게는 데뷔 무대가 될 오늘 무대를 사전 녹화하기 위해서였다.

그리고 사전 녹화장에 들어섰을 때였다.

곳곳에서 환호성이 쏟아졌다.

"지연아 예쁘다!"

"언니 예뻐요!"

"언니~ 컴백 축하해요!"

십 대, 이십 대, 삼십 대 골고루 가리지 않고 지연 팬들이 목소리를 높였다.

일부는 스탠딩석에 일부는 의자에 앉아 플래카드를 들고 응원 중이었다.

녹화장 객석을 둘러보던 지연과 한수.

그러다가 한수 눈에 잡힌 게 있었다.

한쪽 의자에 옹기종기 모여 앉은 삼, 사십 대 중장년들이었다.

그때 한수와 눈이 마주친 그들이 벌떡 자리에서 일어났다.

그리고 그들이 목청 높여 소리 질렀다.

"로큰롤! 강한수 만세!"

한수가 얼굴을 붉혔다. 어디에도 자신을 찾는 여성 팬은 보이지 않았다. 아무래도 그 날 런던에서 버스킹을 할 때 곡 선정을 잘못한 것 같았다.

그러는 동안 사전 녹화가 시작됐다.

그리고 바로 그 날 저녁, 웹사이트 곳곳에 후기가 뜨기 시작했다.

하루아침에 세상이 바뀌었다. 전 세계가 시끌벅적했다. 한수의 이름은 세계 곳곳에 알려진 상태였다.

채널 마스터의 능력을 얻었을 때부터 예상은 했다. 이 능력이라면 역사에 이름을 남기는 건 어렵지 않을 것이라는 생각은 있었다.

실제로 그가 최근 노래를 부르고 악기를 다룬 비틀즈나 레드 제플린, 에릭 클랩튼, 지미 헨드릭스 등 모두 역사에 이름을 남긴 사람들이기 때문이다.

그러나 그것이 생각만 하는 것과 그 생각이 현실로 이루어지는 것은 엄연한 차이가 있었다. 그리고 그 여파가 지금 곳곳에서 나타나는 중이었다.

실제로 사전 녹화 무대에서부터 그 여파가 나타났다. 평소였으면 지연에게만 환호성이 쏟아졌을 것이다.

아직 한수는 가요계에서는 무명에 가까웠으니까. 하지만 오늘 사전 녹화 무대는 그 양상이 전혀 달랐다.

적지 않은 사람이 그들의 무대를 향해 열띤 응원을 보내고 환호성을 내질렀다.

사전 녹화는 세 차례에 걸쳐 이루어졌다. 그들이 준비한 노래가 모두 세 곡이었기 때문이다.

지연과 한수의 듀엣송 2곡. 그리고 지연의 솔로 무대 1곡. 그런데 「인기가요」를 총괄하고 있는 김 PD가 불쑥 그들에게 이야기를 전달했다.

한수가 한 곡 더 리허설을 해줬으면 한다는 것이었다.

뜻밖의 제안에 당황한 건 한수였다. 그녀가 원하는 건 밴드 음악이었다. 하지만 자신에게는 세션이 전혀 없었다.

베이시스트도, 기타리스트도, 드러머도 없는 탓에 제대로 무대를 소화해 낼 수 있을 리가 없었다.

영국에서는 버스킹할 목적으로 간 것인 만큼 없으면 없는 대로, 있으면 있는 대로 방송을 한 것이었지만 지금은 달랐다.

가급적 준비된 무대에서 노래를 부르고 싶었다. 이렇게 허술한 무대에서 부르고 싶은 생각은 전혀 없었다.

"죄송합니다. 그렇게는 못하겠습니다. 세션이 없는데 어떻게 저 혼자 합니까?"

─한수 씨, 그럼 밴드 음악 말고 다른 음악은 안 될까요? 기타만 있어도 되는 노래로요. 부탁 좀 할게요. 네?

"저작권은요? 아무 노래나 불러도 문제없는 거예요?"

─그, 그게…….

김 피디가 적잖이 당황한 듯 말끝을 흐렸다.

애초에 예정되어 있던 사전 녹화 무대가 아니었다.

이건 윗선에서 시킨 일이었다.

한수가 점점 유명세를 타고 있는 만큼 뭐라도 한 장면 더 건져내자는 의도에서였다.

결국, 지연과 한수는 끝내 기존에 예정되어 있던 사전 녹화 무대만 끝냈다.

가수들이 준비되지 않았다고 하는데 억지로 밀어붙일 수도 없었다. 게다가 사전 녹화 무대이다 보니 보는 눈과 듣는 귀가 많았다.

그들이 무대를 내려오자 객석에서 노래를 듣고 있던 팬들이 박수갈채를 보냈다.

환호성이 그 뒤를 이었다. 한수와 지연은 무대를 내려오며 그들한테 고개를 꾸벅 숙여 보였다.

대기실로 돌아오며 지연이 물었다.

"팬미팅하고 갈 거지?"

"어? 팬미팅?"

"응, 예전에는 종종 미니 팬미팅 하긴 했거든. 그러다가 요샌 팬들이 워낙 많이 몰려서 못했지만…… 오랜만에 컴백하는 거니까 간단하게 하려고. 너는?"

"어…… 음. 간단하게 할까?"

아까 전 응원하던 삼, 사십 대 아저씨들을 생각하니 조금 걱정이 되긴 했지만 그래도 팬들인데 한번 만나보고 싶다는 생각이 들었다.

'설마 팬카페에 진짜 남녀 성비가 10 대 0인 건 아니겠지?'

한수도 남자였다.

여성 팬도 많길 바랄 수밖에 없었다. 그러는 사이 지연이 매니저를 불러 미니 팬미팅을 하고 싶다고 이야기를 건넸다.

보통 미니 팬미팅이 주로 열리는 곳은 IBC 등촌동 공개홀과 가까운 거리에 위치해 있는 코끼리공원이었다.

팬들을 간추려서 코끼리공원으로 가겠다고 하는 매니저에게 한수의 팬들도 챙기라고 한 뒤 팬들이 먹을 도시락도 넉넉히 주문해 줄 것을 지연이 연거푸 부탁했다.

매니저가 능숙하게 근처 도시락 업체에 도시락을 주문하는 동안 한수도 김 실장을 보내 팬들을 챙기게끔 했다.

한수가 지연을 보며 물었다.

"도시락도 챙기는 거야?"

"어. 역조공이라고 해. 그래도 나 보러 여기까지 와서 한참 기다렸는데 먹을 거라도 챙겨줘야지."

지연의 마음씀씀이에 한수가 입을 열었다.

"그럼 내 팬 도시락도……."

"이번에는 네가 내 앨범하고 무대 도와준 거니까 내가 쏠게. 대신 다음번에는 내가 얻어먹을 거야."

지연 말은 또 한 번 듀엣 앨범을 내자는 것과 다를 것이 없었다.

은근슬쩍 듀엣을 유도하며 지연이 얼굴을 붉혔다.

콩닥거리는 그녀의 심장 소리가 엄청 크게 들리는 것 같다고 생각한 건 착각일까?

매니저들이 도시락을 준비하고 팬들을 추스르러 간 동안 두 사람은 어색한 얼굴로 대기실에서 스타일리스트들과 대기할 수밖에 없었다.

그 날 저녁 웹사이트에 각종 후기가 올라오기 시작했다.

주된 후기 내용은 사전 녹화 무대에서 두 사람이 부른 노래에 대한 평가 및 오늘 사전 녹화가 끝나고 있었던 팬미팅에 관한 것이었다.

오랜만에 컴백하는 것이어서 미니 팬미팅을 준비했다고 한 지연은 예전부터 그랬던 것처럼 또 한 번 팬들을 향해 패밀리 레스토랑에서 공수해 온 도시락을 점심 식사용으로 내놓았다.

잔뜩 허기졌던 팬들은 지연이 가져온 도시락으로 배를 채울 수 있었고 그 이후 그들은 포토타임을 가진 뒤 간단한 이야기를 주고받기 시작했다.

팬들이 궁금해하는 질문에 이런저런 대답을 해주는 것이었다. 그러나 지연 팬이 워낙 많다 보니 한수 팬은 상대적으로 묻힐 수밖에 없었다.

몇몇 아저씨 팬이 한수에게 질문을 하고 싶어 했지만 극성스러운 권지연 팬들을 이겨낼 수가 없었다.

결국, 보다 못한 지연이 자신의 팬들을 진정시켰다. 그리고 몇몇 한수 팬을 콕 집어 말했다.

"한수 팬 맞으시죠?"

"아, 예. 맞습니다."

"질문하실 거 있으면 지금 질문하세요."

"가, 감사합니다."

기다란 흰 봉투를 품 안에 끌어안고 있는 사내가 한수를 조심스럽게 바라보며 물었다.

"저 한수 씨라고 불러도 되겠죠? 한수 씨는 록가수가 되는 게 목표인가요?"

"음, 그건 아닙니다."

"그럼요?"

"제 목표는…… 음."

그동안 여러 차례 고민해 왔던 질문이다. 목표를 무엇으로 해야 하느냐. 그러나 세상에 목표를 뚜렷하게 하고 살아가는 사람이 몇이나 될까.

많지 않을 것이다. 대부분 적성에 맞지 않는 일이어도 어쩔 수 없이 하는 경우가 많다.

한수도 그럴 뻔했다. 적성에 맞지 않는다는 걸 알면서도 공무원이 되려 했다.

공무원은 지금 이십 대에게 최고의 직업이나 다름없으니까.

텔레비전이 아니었으면 지금쯤 도서관에서 되도 않는 머리를 굴려가며 공부를 하고 있었을 수도 있다.

그랬기 때문에 한수는 그에 대한 부채의식을 조금은 지고 있었다.

남들이 보기에 자신은 엄청난 노력 덕분에 이 자리까지 올라섰다고 생각하겠지만 정작 한수 본인은 그게 아님을 알고 있어서다.

그랬기에 그는 더욱더 노력해야 한다고 생각 중이었다.

그렇게 하지 않으면 스스로에게 부끄러울 것이기 때문이다.

한수가 생각을 정리한 다음 자신을 바라보고 있는 사십 대 중년을 보며 말했다.

"저는 사람들의 기억에 남는 그런 사람이 되고 싶습니다. 그게 제 목표입니다."

"기억에 남는 사람이요?"

"예. 가수가 되었든 연예인이 되었든 배우가 되었든 사람들의 기억에 영원히 살아 숨쉬는, 그런 사람이 되고 싶네요. 그게 제 목표예요."

한수가 환하게 웃으며 말했다.

그 대답에 웅성거림이 커졌다.

대부분 대답하는 내용은 비슷하다.

업계 최고가 되고 싶다, 돈을 많이 벌고 싶다, 부모님께 효도하고 싶다, 누구를 롤모델로 삼고 있다 등등.

대부분 입에 발린 말들이지만 진정성이 느껴지는 경우는 많지 않다. 팬들이 듣고자 하는 이야기를 해주는 것처럼 느껴질 정도다.

그러나 지금 한수가 한 말에는 진정성이 담겨 있었다. 다들 그가 어떤 각오로 노래를 불렀는지 알 수 있을 것만 같았다.

"감사합니다. 그리고 저는 록밖에 모르지만 이미 한수 씨는 저한테 에릭 클랩튼이나 지미 페이지, 제프 벡과 어깨를 나란히 한 자랑스러운 우리나라의 보컬리스트에요. 자부심을 가져 주셨으면 해요!"

"감사합니다. 꼭 기억해 둘게요."

질문&답변 시간이 끝이 났다. 그 뒤 한수는 지연과 함께 열악한 무대이지만 간략하게 갖춰진 장비를 갖고 런던에서 버스킹할 때 불렀던 몇몇 듀엣 무대를 이곳에서 선보였다.

감미로운 선율에 부드러운 목소리.

그리고 완벽하게 어우러지는 두 사람의 앙상블을 보며 그들 모두 탄성을 토해냈다.

이곳에서 팬미팅이 열리는지도 모르고 있던 몇몇 시민들이 공원을 돌다가 뒤늦게 합류해서 사진을 찍기도 했다.

그러면서 이곳 코끼리공원에서 자그마한 버스킹 무대가 재차 열렸다.

가수는 지연과 한수. 청중은 여기 모인 백 명 남짓한 팬들과 어쩌다가 여기 휩쓸리게 된 일반인 열 명 정도였다.

화려한 콘서트에 비하면 소규모 무대이지만 분위기는 그 어느 때보다 훌륭했다.

그렇게 두 사람은 듀엣곡을 두 곡 더 소화했고 그런 뒤에야 미니 팬미팅이 끝이 났다.

이제 남은 건 팬들의 조공 시간이었다. 지연의 팬들이 우르르 지연에게 몰려들었다.

지연 매니저가 칼 같은 눈빛으로 지켜보는 동안 지연의 팬들이 이런저런 선물을 건넸다.

압도적으로 가장 많은 건 손편지였다. 정성스레 작성한 손편지가 한가득이었다.

"미안. 다음에 또 보러 오면 그때는 나도 손편지 미리 준비해 둘게. 자, 이거. 한정판 언니 사인이야. 이건 비매품인 거 알지?"

"그럼요. 그런데 진짜 손편지 준비해 두시는 거예요? 언니, 정말이죠?"

"그렇대도 언니 못 믿어?"

"그, 그건 아닌데…… 꺅!"

여중생으로 보이는 소녀가 연신 꺅거리며 지연의 손을 마주 잡은 채 방방 뛰어댔다. 지연이 사인을 해준다는 게 그렇게 기분이 좋았던 모양이다.

"언니가 이 캐릭터 인형 좋아한다기에……."

"어? 어떻게 알았어? 진짜 고마워."

지연이 환하게 웃으며 그녀가 건넨 인형을 받았다.

그 이후로도 선물 공세가 줄을 이었다. 그렇게 선물을 받을 때마다 지연은 자그마한 종이에 사인을 해서 건넸다. 그 사인에는 오늘 날짜가 적혀 있었는데 나중에 이야기를 들어보니 이렇게 사전 녹화할 때 찾아오는 팬들마다 나눠주는 게 습관이 되었다고 했다.

그러다가 어느 날 보니까 팬들이 이걸 출석부 비슷하게 써먹고 있어서 생각보다 그 값어치가 꽤 있다는 것이었다.

실제로 카페 회원들끼리 무슨 스티커 모으듯 출석부를 모은다고도 했다.

한수도 자신 앞에 줄지어 선 삼, 사십 대 장년들을 보며 헛기침을 흘렸다.

이들의 기억에 남을 만한 특별한 선물을 주고 싶었다.

그때 아까 한수에게 질문을 해온 팬이 매니저들이 어디선가 구해온 의자에 앉았다.

간이의자에 앉아 있던 한수가 꾸벅 고개를 숙였다.

"아까 전 좋은 질문해 주셔서 감사합니다. 제 생각을 한번 정리하는 계기가 됐어요."

"다행이네요. 런던에서 했던 공연은 정말 잘 봤습니다. 진짜 제가 스무 살 무렵 자주 즐겨듣던 노래를 들을 수 있어서 행복했습니다. 폴 매카트니나 에릭 클랩튼과 연주하는 것도 그랬고요."

그의 얼굴에는 환한 미소가 걸려 있었다. 그리고 그가 자신이 준비해 온 선물을 한수에게 내밀었다.

그건 지연 팬들을 깜짝 놀라게 만든 뱀술이었다. 한수도 적지 않게 당황한 얼굴로 뱀술을 쳐다봤다. 그것도 잠시 그는 엄청난 정성을 들여 이 뱀술을 빚었음을 알 수 있었다. 딱 봐도 정성이 듬뿍 담긴 것이었다.

"이런 걸 제가 받아도 될지 모르겠네요."

옆에 앉은 채 한수를 보고 있다가 뒤늦게 뱀술을 보고 지연이 기겁했다.

그러나 한수의 태도는 진중했다.

"괜찮습니다. 이게 건강에는 최고거든요. 이거 마시고 기운 듬뿍 받으셨으면 합니다."

싱글벙글 웃는 그를 가만히 보던 한수가 기가 막힌 생각을 해냈다.

그러고 보니 꽤 예전에 한수는 「애니메이션」 범주 아래 있는 채널을 확보한 적이 있었다. 그리고 그는 그때 「웹툰의 요소 : 4컷 완성하기」를 구독한 바 있었다.

마침 메모지는 넉넉히 있었다. 한수는 메모지에 정성스럽게 그림을 그리기 시작했다.

그가 그리고 있는 건 일종의 캐리커처였다.

연예인이 직접 팬을 위해 그려준 캐리커처. 이것만큼 기억에 남는 선물도 없을 터였다.

한수가 그린 그림을 뒤늦게 본 지연이 눈을 휘둥그레 떴다. 한수 앞에 앉아 있는 팬의 특징을 절묘하게 살린 캐리커처가 짧은 시간 사이에 제대로 완성되어 있었다.

"와, 대박."

지연이 한수를 바라봤다. 문득 이런 생각이 들었다.

'도대체 애는 못 하는 게 뭐야?'

지연이 한수를 보며 얼떨떨한 얼굴로 물었다.

"뭐야, 너 그림도 잘 그려?"

"응? 별로지 않아?"

"야! 너 죽을래! 그 정도면 금손이지, 아니, 금손 중의 금손
이지. 와."

지연은 한수가 그린 캐리커처를 재차 바라봤다.

한수에게 선물을 준 40대 아저씨의 표정이 꽤 익살스럽게
그려져 있었다.

그뿐만이 아니었다.

손에는 뱀술을 쥐고 있었는데 가만히 보면 그의 목을 휘어
감은 채 숨바꼭질을 하고 있는 뱀 한 마리를 볼 수 있었다.

"와, 대박."

가만히 옆에서 그 캐리커처를 보던 지연의 팬이 두 눈을 똘
망똘망하게 떴다.

그러더니 지연이 사인해 준 메모지를 조심스럽게 챙겨서
지갑에 넣은 다음 냉큼 한수 줄로 가서 섰다.

그걸 모를 리 없는 지연이었다.

그녀는 처음 오는 팬이 아닌 이상 웬만한 팬은 그 얼굴을 죄다 기억하고 있었다.

"야! 너! 김서희! 너 어떻게 언니한테 그럴 수 있어!"

"언니, 한 번만요."

애걸복걸하는 서희를 보며 권지연이 눈매를 좁혔다.

그것도 잠시 사인회가 끝나길 기다리던 지연의 팬 몇몇이 한수 앞에 줄지어 늘어서기 시작했다.

방금 전 한수의 첫 번째 팬이 받은 캐리커처 선물 때문이었다.

전문가 못지않은 솜씨였다.

그렇다 보니 다들 캐리커처 하나라도 받고 싶은 마음에 이렇게 다닥다닥 늘어선 것이다.

그 때문에 지연의 줄은 시간이 갈수록 줄어드는 반면에 한수의 줄은 갈수록 늘어나고 있었다.

이 기이한 현상 속에서 지연이 먼저 사인회를 마무리 지었다.

그리고 그녀는 밴을 타고 회사로 돌아가는 대신 한수 앞에 늘어서 있는 자신의 팬들 한 명 한 명과 눈을 마주쳤다. 서릿발 넘치는 기세에 그녀 팬들은 아무 말도 하지 못한 채 고개를 푹 수그렸다.

그러나 이때 지연은 또 한 번 기행을 펼쳤다. 팬들 뒤에 냉큼 자리를 잡고 선 것이다.

"······언니?"

"지연 언니도 받게요?"

"······내가 너네 좋은 일만 시킬 줄 알아? 나도 받을 거야!"

졸지에 때 아닌 해프닝이 일어났다.

그러나 그들 모두 사이좋게 캐리커처 하나씩 나눠받을 수 있었고 그렇게 미니 팬미팅은 성황리에 끝날 수 있었다.

지연은 먼저 엘레인 엔터테인먼트로 돌아갔다.

어차피 금요일하고 목요일에 「뮤직뱅크」와 「음악중심」을 녹화할 것을 생각하면 한동안은 그녀와 함께 낸 듀엣 앨범 위주로 스케줄을 잡아야 한다는 의미였다.

물론 그다음 주부터 한수는 듀엣 무대에 출연하지 않기로 되어 있었다.

「자급자족 in 정글」 촬영이 예정되어 있었기 때문이다.

기간은 4박 5일.

촬영지는 인도네시아 수마트라였다.

한수도 팬들이 바리바리 챙겨준 각종 자양제와 목에 좋다는 건강식들을 밴에 쌓아둔 뒤 구름나무 엔터테인먼트 사옥에 도착했다.

주말인데도 회사에 나와서 일하는 사람들이 적지 않았다.

어차피 이 바닥은 주 5일이나 주 6일이 유명무실했다.

주말도 없이 일해야 했고 최저시급도 지켜지지 않는 경우가 태반이었다.

물론 로드로 시작했다가 연차가 쌓이면 조금씩 승진할 수 있게 되고 그러다 보면 팀장까지 오를 수 있지만 그러기 위해서는 꽤 오랜 시간이 필요했다.

3팀장은 오늘도 회사에 나와서 일을 하고 있었다.

그가 한수를 보며 물었다.

"어때? 오늘 음악 방송 처음 촬영 갔다 왔잖아. 할 만했어?"

"그럭저럭요. 팀장님은 여기서 뭐 하세요?"

"뭐하긴, 네 스케줄 관리 중이지. 네가 3팀 소속이니까 내가 관리하는 게 당연한 거 아니겠냐? 그런 의미에서 잘 왔다. 몇 개는 내가 정할 수 없는 거라서 네 이야기를 들어봐야 했거든. 회의실로 가자. 커피 마실래?"

"예, 아메리카노면 충분해요."

"그래, 고급 인력인데 그 정도는 사줘야지."

3팀장은 회사 사옥 1층에 있는 커피숍으로 가서 아메리카노를 두 잔 시켰다.

그런 뒤 그는 회의실로 들어와서 자리를 잡고 앉았다.

"광고는 적정선에서 짤랐어. 페이가 너무 저렴한 건 다 뺐고,

네 이미지에 어울리지 않는 것도 제외했어. 불호가 너무 심한 것도 빼버렸고. 그러니까 세 개 정도 남더라. 코카콜라 광고는 무조건 가져갈 거고 이거 말고 맥주 광고가 하나 들어왔어."

"맥주 광고요?"

톱스타들이 주로 찍는 맥주 광고.

대개 이십 대에서 삼십 대의 젊은 배우가 맡기 일쑤다.

한수에게도 그 광고 자리가 들어왔다는 건 그만큼 한수가 광고 모델로 효용가치가 높다는 의미이기도 했다.

"나머지 하나는요?"

"맥주 광고는 콜이야?"

"뭐. 조건은 형이 알아서 맞추셨을 테니까 당연히 콜이죠. 그건 그렇고 나머지 하나는 뭔데요?"

3팀장이 웃으며 말했다.

"헤드셋 광고야. 단 모델은 더블로 제안해 왔어."

"더블요? 그러면……."

"어, 권지연 씨하고 함께 촬영해 주길 원해. 버스킹 가는 느낌 내면서 촬영하자고 콘티도 보내왔어. 한번 볼래?"

한수가 고개를 끄덕였다.

그는 콘티를 확인했다.

두 사람이 버스킹을 떠나고 외딴 도시에서 버스킹을 하게 된다. 그리고 그 현장의 음질을 그대로 헤드셋을 통해 멀리 떨어진 도시에 있는 사람이 듣게 된다.

그만큼 자사의 헤드셋 품질이 우수하다는 걸 광고하고자 하는 의미로 제작하려는 모양이었다.

나쁘지 않은 컨셉이다.

한수가 흔쾌히 고개를 끄덕였다.

"괜찮네요. 이것도 할게요."

"좋아. 그럼 광고는 끝이고. 이제 프로그램 스케줄 좀 이야기하자."

"예. 어떻게 되는데요?"

"당장 다음 주 촬영이 다섯 개인 거 알지?"

한수가 한숨을 내쉬었다.

월요일에는 「쉐프의 비법」, 화요일에는 「마스크싱어」, 금요일에는 「뮤직뱅크」, 토요일에는 「음악중심」 촬영이 연달아 잡혀 있었다.

게다가 다다음 주 월요일 출국해서 「자급자족 in 정글」 촬영도 해야만 했다. 엄청나게 빡빡한 촬영 일정이 아닐 수 없었다.

물론 「뮤직뱅크」와 「음악중심」은 일회성 출연이기 때문에 크게 걱정할 일은 없었지만 그래도 시간을 내야 한다는 게 어려운 일이었다.

그때 3팀장이 한수를 보며 물었다.

"그보다 아까 유시윤 씨한테 연락이 왔었어."

"예? 유시윤 씨가요? 왜요?"

한수가 의아한 얼굴로 물었다.

3팀장이 대답했다.

"유시윤 씨가 너하고 꼭 같이 녹화를 하고 싶대. 특집으로 내보낼 수 있다고 무조건 섭외만 할 수 있게 해달라는 거야."

"……촬영 일정은 어떻게 되는데요?"

"문제는「유시윤의 드로잉북」촬영이 매주 화요일마다 있다는 거야. 그래서 격주로 내보내거든."

"「마스크싱어」하고 겹치잖아요."

"그래서 말인데 특집으로 촬영하게 되면「유시윤의 드로잉북」촬영 일정을 수요일로 늦출 수 있다고 하더라. 너만 오케이하면 된대."

"……그러니까「유시윤의 드로잉북」특집편을 수요일로 일정을 바꾸는 한이 있더라도 할 생각이 있다는 거죠? 그런데 그 특집이 제 특집인 거예요?"

"어. 유시윤 씨가 담당 피디를 설득한 거 같아. 어떻게 할래? 생각 있어?"

한수가 입맛을 다셨다.

「유시윤의 드로잉북」은 오래전부터 생방송으로 보고 싶어 했던 프로그램이다.

그런 프로그램에 출연할 수 있다는 건 영광스러운 기회다.

게다가 자신을 위해서 일부러 촬영 일정까지 뒤로 미뤄준다는데 출연하지 않을 이유가 없었다.

하지만 그렇게 되면 월요일부터 수요일까지 일정이 빡빡하게 들어차게 된다.

한수는 초췌한 얼굴로 3팀장을 보며 물었다.

"그래도 목요일부터 출국 전날까지는 일정 여유 있는 거 맞죠?"

"……어…… 출국 전에 광고 찍어야 할 텐데?"

"……."

한수는 한숨을 길게 내쉬었다. 아무래도 한동안은 눈코 뜰 새 없이 바쁠 듯했다.

세계적으로 점점 한수의 인지도가 폭넓게 알려지고 있는 것과 별개로 국내에서는 그 한계가 뚜렷하게 존재했다.

락이라는 장르의 한계 때문이었다. 여전히 락은 국내에서 소수를 위한 음악이라는 인식이 뚜렷했다.

그렇다 보니 삼, 사십 대 중장년층들이 한수에게 열광했지만 그건 대한민국 국민 전체를 놓고 보면 정말 적은 수였다.

게다가 야단법석이 났던 언론도 시간이 지나면서 다른 이슈에 파묻히기 시작했고 한수에 관한 이야기들도 조금씩 줄어들고 있었다.

덕분에 한수는 모르는 전화를 상대적으로 덜 받게 되었고 한국에서의 생활은 생각보다 조금 더 조용해지고 있었다.

하지만 월요일 「쉐프의 비법」 녹화 때 한수는 여러 쉐프들한테 계속해서 시달리고 말았다.

「쉐프의 비법」에 출연 중인 쉐프들 모두 사십 대에서 오십 대 장년이었고 그들 전부 다는 아니지만, 개중 몇몇은 록에 푹 빠져 있었던 그런 시절이 있었기 때문이다.

그렇게 다들 어떻게 하다가 버스킹을 가게 됐고 또 누구를 만났으며 무슨 이야기를 했는지 미주알고주알 아직 방송을 타지도 않은 프로그램에 관한 이야기를 늘어놓으며 한수에게 본의 아닌 스포일러를 강요할 때 만화가 김형석이 한수를 보며 물었다.

"한수야, 너 그림도 그릴 줄 아냐?"

"예? 갑자기 그건 왜……."

"아니, 너 일요일 날 「인기가요」 녹화하고 미니 팬미팅했었다며. 그때 인증샷이 몇 장 SNS에 올라왔는데 다들 네가 캐리커처 그려줬다고 하기에 궁금해서 물어보는 거야."

"뭐? 한수가 캐리커처를 그렸다고?"

졸지에 반응이 다른 쉐프들에게 튀었다. 게다가 오늘 게스트로 참석한 배우들까지 호기심을 드러냈다.

김형석이 스마트폰을 꺼내 보였다. 거기에는 꽤 그럴듯하게 그려진 캐리커처가 인증샷처럼 올라와 있었다.

"우와, 이거 진짜 네가 그린 거 맞아?"

"어…… 네. 제가 그린 거 맞아요."

한수가 머쓱하게 웃었다. 그 말에 김형석이 인상을 구겼다.

"에이 씨. 너 뭐냐? 뭘 다 잘해! 인간미 없게."

"인간미 없기는. 인간미는 네가 없지, 인마."

최형진 쉐프 말에 김형석이 인상을 구긴 채 투덜거렸다. 그것도 잠시 평소 락에 관심이 많은 최형진 쉐프가 한수를 보며 물었다.

"그건 그렇고 너 갤러거 형제도 만났잖아."

"예, 그랬죠."

한수가 노엘 갤러거와 리암 갤러거를 떠올렸다. 그들은 형제인 만큼 많은 부분이 닮아 있었다.

유독 닮은 건 입이었다. 쉬지 않고 F***을 입에 담곤 했다.

그렇다 보니 그들 형제를 만났을 때는 머릿속에 F***만 생각이 날 정도였었다.

"근데 그 날 피카딜리 서커스에서 공연할 때 그 갤러거 형제는 안 왔어? 에드 시런도 만났다며?"

"……에, 어, 그랬죠? 못 만났죠."

한수도 불가사의한 일이었다. 왜 그들은 오지 않았을까? 둘 다 충분히 올 수 있는 사람들이었다.

"음, 그냥 필요 없다고 생각해 버린 거 아닐까요?"

"……아니, 너보고 오아시스에 들어오라고 했다며."

"그렇게 말한 건 리암이었죠. 어쨌든 연락도 없고 뭐, 연락할 방법도 없어서……."

노엘 갤러거가 오아시스를 탈퇴하고 새롭게 솔로 밴드를 만든 것이었다.

리암 갤러거는 이전 오아시스 멤버들과 함께 밴드 생활을 하기로 하면서 이름을 비디 아이(Beady Eye)로 바꾸지만 5년밖에 지속되지 못했다.

그렇지만 어쨌든 두 사람 다 자신을 원했는데도 불구하고 만나러 오기는커녕 연락 한번 하지 않았다는 게 조금 의아한 일이긴 했다.

그보다 하루 앞선 일요일 오전 런던에서 한국으로 출발한 비행기가 한 대 있었다.

그곳 퍼스트 클래스에는 닮은 듯 닮지 않은 형제가 나란히 탑승해 있었다.

승무원들은 그들이 누군지 단번에 알아봤다. 애초에 못 알아보는 게 이상한 일이었다.

그들은 단 두 명밖에 없는 퍼스트 클래스에서 시끌벅적하게 말다툼을 벌이고 있었다.

"그러니까 그 녀석한테 물어보고 거절하면 깔끔하게 인정하고 포기하는 거야. 오케이?"

"당연하지. 너야말로 더럽게 달라붙지 말라고."

"F***. 내가 넌 줄 알아?"

"뭐라고? 이 f***. 작곡도 못하는 새끼가 왜 걔를 데려간다는 건데!"

갤러거 형제.

그들이 직접 한국으로 건너오고 있었다. 갤러거 형제가 한국을 찾는 이유는 하나였다. 한수를 영입하기 위해서였다.

두 사람은 한수의 무궁무진한 잠재력을 런던에서 하는 공연을 보며 느낄 수 있었다. 그들도 인근에 있었다. 그리고 자리를 잡고 공연을 보고 있었다.

이렇게 가슴 떨리는 순간은 오랜만이었다.

이 정도 압도적인 무대라니. 그러나 그들이 더욱더 놀랐던 건 거장들 사이에서 전혀 기죽지 않고 자신의 노래를 부르는 한수를 보고 난 뒤였다.

그때 그의 목소리는 그 누구도 닮지 않았다. 레드 제플린의 보컬리스트인 로버트 플랜트도 아니었고 그렇다고 비틀즈의 존 레논(John Lennon)이나 폴 매카트니를 보는 것 같지도 않았다.

그건 한수 고유의 목소리였다.

하지만 그 목소리에서 느낄 수 있는 건 폭발적인 고음과 함께 사람의 마음을 사로잡는 호소력 짙은 음색이었다.

그때 그들은 한수가 생각했던 것 이상의 보컬리스트라는 걸 깨달았다.

그는 기타도 잘 다룰 줄 알고 다른 악기들도 어느 정도 다룰 줄 아는 것 같았지만 그의 강점은 바로 목소리에 있었다.

노엘이 본 한수는 타고난 보컬리스트였다.

그랬기 때문에 노엘 갤러거는 한수를 영입해서 새로운 오아시스를 결성하고 싶다는 생각을 하게 됐다.

오아시스가 해체한 지도 벌써 9년이 지났다. 그동안 솔로 활동을 해오긴 했지만, 밴드에 대한 갈망은 여전했다.

특히 머릿속에 흐르는 이 선율들, 그 선율들을 완성시키려면 뛰어난 보컬리스트가 필요했고 한수는 거기에 가장 적합한 사람이었다.

'그래. 나는 한스가 필요한 이유가 있단 말이지. 근데 저 새끼는 왜 따라가는 거야? 지가 보컬하면 한스는 필요없을 텐데.'

노엘이 인상을 구겼다. 이해할 수 없는 일이었다. 거기에 또 하나 이해할 수 없는 일이 있었다.

"야."

"왜?"

"너 왜 나하고 같은 비행기 탔냐? 내가 탄 비행기는 죽어도 같이 안 탄다고 하지 않았냐?"

"내가 그랬나?"

"월드 투어할 때 그랬잖아. 이 새끼야!"

"F***, 뭔 상관이야. 그리고 이게 가장 빠른 비행기라서 탄 거뿐이라고."

"……리암, 잘 생각해. 나한테는 한스가 필요해. 그러나 너한테는 아니야. 너만 한 보컬리스트가 뭐하러 한스를 데려가려는 건데? 세션으로 쓰려고? 걔는 보컬에 타고난 강점이 있어. 세션으로 써먹기엔 아까워."

"내 알 바 아니야. 그리고 감자 새끼야! 걔를 먼저 찾아낸 건 나라고! F***!"

리암 갤러거가 씩씩거리며 자리를 옮겼다.

왼쪽 창가와 오른쪽 창가에 멀찌감치 떨어진 두 사람은 그렇게 비행기가 한국에 도착할 때까지 단 한마디도 하지 않았다.

그건 공항에서 내린 뒤에도 마찬가지였다.

「쉐프의 비법」 촬영은 순조롭게 진행됐다.

이번에 한수가 대결을 펼친 건 만화가 김형석이었다.

첫 대결이었다.

애초에 촬영을 이제 딱 2번 진행했으니까 최형진 쉐프를 빼면 다들 첫 대결이긴 했지만, 김형석은 잔뜩 긴장하고 있었다. 그의 천적이 최형진 쉐프였다.

전적 0승 13패. 단 한 번도 최형진 쉐프를 이겨본 적이 없는 만화가 김형석이다. 그런데 그 최형진 쉐프를 꺾은 게 바로 한수다.

시작부터 긴장하는 기색이 역력했다. 하지만 한수도 김형석을 껄끄럽게 생각하고 있었다.

그가 만드는 요리는 대부분 꽝일 때가 많지만 가끔 가다가 포텐을 엄청 폭발시킨 요리가 종종 나오기도 했기 때문이다.

이번에 게스트로 나온 건 남자 배우들이었다.

한 명은 이선우였다. 국내외에 인지도가 꽤 높은 톱스타로 몇 년 전 종영한 드라마에서는 서번트 신드롬을 겪는 수학 천재로 나온 적이 있었다.

게다가 그는 쌍천만영화를 달성한 고봉식 감독의 신작에도 주연으로 캐스팅되어서 한창 촬영 중인 것으로 알고 있었다.

또 한 명은 강진석으로 최근 가장 핫한 드라마의 주연 배우였다.

두 사람이 「쉐프의 비법」에 함께 출연하게 된 건 그들이 평소 하고 있는 봉사동아리를 홍보하기 위해서였다.

그뿐만 아니라 점점 후원액수가 줄어들고 있다 보니 그것에도 도움을 필요로 하고 있었다.

한수는 그들을 보며 배우 중에는 저렇게 멋진 배우들도 있다는 생각을 새삼 하게 됐다.

선우가 원한 요리는 적은 재료로 많은 아이가 배부르게 먹을 수 있는 그런 것이었다.

질보다는 양을 생각한 것이었다.

그리고 김형석은 MSG를 듬뿍 친 고농축 고지방 볶음밥을 만들었다. 건강에는 썩 좋지 않을 것으로 추측되지만 아이들 입맛에는 제격인 그런 볶음밥이었다.

한수가 만든 건 토마토 파스타였다.

요리하기도 간편하고 아이들 입맛에도 잘 맞다 보니 안성맞춤이었다.

결과적으로 선우가 선택한 건 한수의 요리였다.

아마 아이들은 형석이 만든 요리를 더 좋아할 수 있겠지만 건강을 생각해서라면 그런 요리는 절대 먹일 수 없다는 게 선우의 반응이었다.

그 매몰찬 반응에 형석이 그대로 주저앉았다.

"그러게 누가 그런 요리를 만들래? 이 자식이! 우리 프로그램에 먹칠을 하고 있어!"

평소 자주 깐족거리는 최형진 쉐프가 김형석을 쳐다보며 농담을 건넸다. 그러나 김형석의 표정은 음산하기 이를 데 없었다.

아이들 입맛에만 신경을 쓰다 보니 정작 영양학적 불균형은 고려하지 못한 자신의 잘못이었다.

「쉐프의 비법」 촬영이 끝난 건 저녁 무렵이 다 되어서였다.

쉐프들 모두 각자 차를 타고 떠났다. 한수도 회사 차를 타고 이동하려 할 때였다. 그를 붙잡은 사람이 있었다.

그는 배우 이선우였다.

"한수 씨, 잠깐 이야기 좀 할 수 있을까요?"

"아, 예. 말씀하세요."

한수가 밴에 타려다가 말고 이선우를 바라봤다. 이선우가 환하게 웃으며 입을 열었다.

"한수 씨는 봉사 활동에 대해 어떻게 생각하세요?"

"좋은 일이죠. 촬영 일정만으로도 엄청 바쁘실 텐데 봉사 활동까지 다니신다는 이야기를 듣고 많이 놀라긴 했어요."

"감사합니다. 연예인은 공인이 아니라는 이야기가 있지만 그래도 사랑을 받은 만큼 돌려주는 것도 미덕이라고 생각해서요."

"예. 그 말도 맞죠."

한수가 고개를 끄덕였다.

그때 이선우가 한수를 보며 조심스러운 목소리로 물었다.

"그래서 말인데 혹시 한수 씨도 해볼 생각 없으신가요?"

"예? 제가요?"

"네. 요즘 아이들한테 가장 인기 많은 게 한수 씨거든요."

"제가요?"

한수가 얼떨떨한 얼굴로 이선우를 바라봤다.

그러나 농담을 하는 거 같진 않았다.

그의 목소리에는 진심이 가득 담겨 있었다.

"……어, 저도 되게 좋은 기회라고 생각하는데요. 요새 워낙 일정이 바쁘다 보니까……."

"예. 잘 알죠. 요새 가장 바쁜 게 한수 씨인 거 모르는 사람이 어디 있겠어요? 아쉽네요."

"아, 안 한다는 건 아니고요. 여유가 생기면 언제든지 제가 도와드리도록 하겠습니다."

"정말이시죠?"

이선우가 눈을 반짝반짝 빛냈다. 그런 뒤 한수와 선우는 전화번호를 교환했다. 선우가 떠나고 김 실장이 한수를 보며 의아한 얼굴로 물었다.

"너 진짜 봉사 활동하려고?"

"예, 그러려고요."

"스케줄 감당이 되겠어?"

"힘들긴 하겠지만 아까 선우 씨가 한 말이 인상 깊게 남아서요."

거절하려던 한수가 선뜻 응한 건 선우가 한 말 때문이었다.

사랑을 받은 만큼 돌려주는 것도 미덕이라는 이야기, 그것 때문에 선뜻 결정을 내린 것이었다.

그에게 이런 능력이 주어진 건 다 그럴 만한 이유가 있어서일 테고 보다 많은 사람에게 보답하는 것도 의무라고 생각했기 때문이다.

김 실장이 한수를 보며 말했다.

"일단 가서 쉬자."

"예. 내일 또 촬영이 있죠?"

"어, 「마스크싱어」 촬영 가야지. 조금만 힘내자."

"예."

한수가 고개를 끄덕였다.

「마스크싱어」 촬영은 순조롭게 진행됐다.

그러나 한수 입장에서는 정말 따분한 일이었다.

계속 황금 가면을 쓴 채 황금 의자에 앉아 있어야 했기 때문이다.

한편 여전히 한수가 쓰고 있는 가면, 위풍당당 아수라 백작의 정체는 밝혀지지 않은 상태였다.

왜냐하면 한수가 런던에서 부른 노래 가운데 몇몇 곡은 협의가 되지 않은 까닭에 아직 인터넷에 공개가 되지 않았다.

「Stairway To Heaven」도 그와 비슷한 경우였다.

몇몇 록팬들은 한수가 위풍당당 아수라 백작인 게 아니냐고 의혹을 제기하긴 했지만 아직까지 수면 위로 떠오르진 않은 상태였다.

그러는 사이 가왕전이 성큼 앞으로 다가왔다. 이번에 가왕 결정전 무대까지 올라온 건 남성 보컬이었다.

계속 가왕 자리에 앉아 있던 한수는 1라운드가 시작했을 때부터 상대의 정체를 알아채고 있었다.

그의 목소리가 워낙 유니크했기 때문이다. 아마 이번 녹화가 방송을 타게 되면 시청자들도 대부분 그가 누구인지 알아차릴 게 분명했다.

그것도 잠시 한수는 대기실에 앉아 있다가 위풍당당 아수라 백작의 가면을 썼다.

이제 무대에 오를 시간이었다. 그가 무대에 올라서기 시작했다. 가왕 방어전을 위해 그가 준비한 노래는 임태호의 「너를 위해」였다.

어쩜 우린 복잡한 인연에 서로 엉켜 있는 사람인가 봐.

노래가 시작되고 한수가 만들어내는 목소리가 천천히 좌중을 압도했다.

원곡과는 전혀 다른 느낌인데도 불구하고 객석에 앉은 방청객들은 소름 끼치는 느낌을 받아야 했다.

피카딜리 서커스에서 특별한 경험을 한 뒤 한수의 노래는 엄청난 발전을 거듭했고 거기에 텔레비전 채널의 경험치가 쌓이며 빠른 속도로 발전하고 있었다.

그렇다 보니 2주 전 「마스크싱어」를 녹화하고 가왕에 올랐을 때하고는 그 차이가 두드러지게 났다.

음악에 조예가 깊은 몇몇 패널들은 그 약간의 차이를 선명하게 느낄 수 있었다.

그리고 그들은 언뜻 보면 흉악해 보이는 저 아수라 백작 마스크를 쓰고 있는 복면가수가 엄청난 실력자라는 걸 새삼 깨닫게 되었다.

문제는 도대체 그가 누구인지 여전히 불확실하다는 점이었다. 그렇게 노래가 끝이 났을 때 패널들은 물론 방청객들마저

숨을 죽였다.

그런 뒤 몇십 초 정도가 흘렀을 때 우레와 같은 박수갈채가 터져 나왔다. MC 김태주도 떨리는 손길로 마이크를 쥐며 입을 떼었다.

"차명준 씨, 어떻게 들으셨죠?"

명곡 여러 개를 작곡한 바 있는 작곡가 차명준이 마이크를 잡자마자 길게 숨을 토해내며 말했다.

"후, 저분 진짜 미쳤네요."

"예? 무슨 뜻이시죠?"

"아니, 2주 전 그분하고 같은 분 맞으세요? 어쩜 말이 안 되는 말일 수도 있는데…… 실력이 더 좋아졌어요!"

"그게 무슨 말씀이시죠?"

"그러니까, 하, 이걸 뭐라고 해야 하지? 그냥 이 한마디만 하겠습니다. 진짜 오늘 무대는 엄청났습니다. 말 그대로 미친 무대였습니다!"

"조금 더 자세하게 설명 좀 해주시죠!"

"아, 그러니까 이「너를 위해」의 원곡 가수가 임태호 씨인데요. 제 생각에는요. 음, 만약에 임태호 씨가 불렀어도 이 정도 전율이 흘렀을까 생각해 보면 아닐 거 같아요. 그 정도로 엄청났다는 겁니다."

MC 김태주도 말만 하지 못하고 있을 뿐 심정적으로는 그 말에 동감하고 있었다.

그 역시 평소 느껴보지 못했던 엄청난 전율을 그대로 느꼈기 때문이다.

이건 누가 봐도 가왕인 위풍당당 아수라 백작이 무조건 이겼다고 생각되는 무대였다.

그때 박구철이 마이크를 잡고 소리쳤다.

"아이! 그냥 빨리 투표 결과나 보여주세요."

"예? 아직 집계 중이어서요."

"당신 이번에도 광고 보고 간다고 하면 그때는 가만 안 둘 거야."

"……아니, 제가 뭘 어쨌다고 그러시는지."

그러는 사이 집계가 끝이 났다.

위풍당당 아수라 백작과 가왕 도전자가 무대에 나란히 섰다.

그리고 MC 김태주가 목청을 높이며 결과를 발표했다.

"바로오오오오~"

동시에 전광판에 숫자가 떴다.

어차피 광고는 편집 과정에서 들어간다. 그러나 숫자가 뜬 순간 다들 침묵했다.

가왕 도전자가 고개를 푹 숙였다. 무대 뒤에서 노래를 듣는 내내 그 역시 경악을 감추질 못했었다. 하지만 이 정도 차이가 날 줄은 생각지도 못한 일이었다.

99 : 0

사상 최초로 한 명에게 몰표가 주어진, 희대의 사건이 일어난 것이었다. 몰표 현상이 일어난 걸 가장 먼저 알게 된 건 제작진이었다.

실시간으로 집계되는 투표 현상을 지켜보고 있었기 때문이다.

그래도 가왕결정전에 나설 가수다.

그렇다 보니 일부러 꽤 유명한 가수를 섭외해서 내세웠다.

그도 선뜻 응했고 자신감을 내비쳤다.

꼭 가왕 자리에 오르겠다는 게 그가 보여준 각오였다.

하지만 한수가 고른 노래는 임태호가 부른 노래 중에서도 명곡으로 손꼽히는 「너를 위해」였다.

임태호가 아니면 소화하기 어렵다는 명곡.

그런데 한수는 그 노래를 임태호 본인보다, 아니, 어떻게 보면 그 이상으로 소화해 냈다.

리허설 때도 걱정이 많았지만, 녹화를 시작하고 한수가 첫 음을 냈을 때. 그리고 노래의 하이라이트 부분에 이르렀을 때.

「마스크싱어」를 연출하고 있는 김명진 피디와 이승수 피디는 직감하고 말았다.

「마스크싱어」 역사상 역대급 무대가 만들어졌다는 것을.

그동안 「마스크싱어」 최고의 무대로 손꼽히는 건 우리 동네 음악대장이 부른 「Lazenca, Save Us」였다.

3라운드에서 불린 이 노래는 3라운드에 한정해서 가장 많은 표 차이를 만들어냈다.

위풍당당 아수라 백작은 2라운드에서 94 대 5로 89표 차이를 만들어내며 역대급 무대를 보여줬지만 3라운드에서는 그 정도 차이가 나진 않았다.

권지연이 부른 「첫눈처럼 너에게 가겠다」도 최고의 무대 중 하나였기 때문이다.

그러나 이번 노래는 격이 달랐다.

실제로 임태호가 부른 「너를 위해」보다 더 완성도가 높게 느껴질 정도였다.

그리고 표가 집계될 때 김명진 피디는 속으로 빌었다.

너무 많은 표 차이가 나지 않길 바랐다.

다섯 표라도 상대 가수가 받길 원했다.

압도적인 표 차이는 조작한 것처럼 느껴질 여지가 있기 때문이다.

그러나 표 집계가 끝난 뒤 그 결과를 알려왔을 때 김명진 피디가 인상을 구겼다.

몰표라니.

「마스크싱어」가 방송을 탄 지도 벌써 3년째가 되어간다.

그동안 몰표는 단 한 번도 나온 적이 없었다.

역대 가장 많은 표 차이가 났던 무대는 두 개가 있다.

공동 1등이다.

하나는 위풍당당 아수라 백작이 노래하고 싶은 꾀꼬리 소녀를 상대로 거둔 89표 차이다. 그때 위풍당당 아수라 백작은 94표를 얻었고 노래하고 싶은 꾀꼬리 소녀는 5표밖에 얻지 못했다.

또 하나는 2016년인데 표 차이는 89표로 같다.

이때 굴러온 복덩어리가 겨울왕국 얼음공주를 상대로 89표 차이를 냈는데 보다 더 많이 회자되는 건 당연 위풍당당 아수라 백작이 노래하고 싶은 꾀꼬리 소녀를 상대로 거둔 표 차이다.

왜냐하면 굴러온 복덩어리는 엄청 유명한 여자 가수인데 반면에 겨울왕국 얼음공주는 개그우먼이었기 때문이다.

노래하고 싶은 꾀꼬리 소녀도 배우이긴 했지만 그래도 그녀는 한때 아이돌 연습생이었다는 점에서 차이가 있었다.

그런데 같은 가수를 상대로 몰표를 받아냈다는 건 심각한 문제가 있었다.

그래서 김명진 피디는 저 표 차이를 어떻게든 수정해야 하나 고민을 했다.

하지만 어쩔 수 없는 일이었다.

여기 있는 사람들 모두 이미 안 사실이다.

자칫 잘못하면 기자들에게도 이 일이 알려지기 십상이다.

그렇게 되면 조작이라는 딱지가 붙여진다.

「자급자족 in 정글」도 조작 딱지가 붙은 적이 있다.

그때 제작진이 거듭 사과문을 올리고 진정성 있게 방송하겠다고 밝힌 뒤에야 논란이 사그라들었지만 여전히 조작 이야기를 하는 사람들은 꾸준히 있다.

한번 붙여진 주홍 글씨는 쉽게 지워지지 않기 때문이다.

그럴 바에는 차라리 까짓것 한수를 띄워주는 게 더 나았다.

그렇다고 한수의 실력이 부족한 것도 아니다.

게다가 김명진 피디는 한수가 런던 피카딜리 서커스에서 만든 기적을 접하자마자 환호성을 내질렀다.

위풍당당 아수라 백작이 한수인 게 알려지면 또 한 번 「마스크싱어」가 대박을 칠 게 분명하다.

어쨌든 화제가 될 테고 그것은 고스란히 시청률로 이어지게 된다.

우리 동네 음악대장도 비슷한 경우였다.

그는 「Lazenca, Save Us」로 엄청난 무대를 만들어내며 단연 화제가 되었고 그 이후 줄줄이 연승행진을 거두며 시청자들은 그가 하차하지 않길 바라게 됐다.

실제로 박구철은 그 당시 우리 동네 음악대장한테 호감이 있다고 하면서 대부분의 가왕이 장기집권을 하다가 어느 순간이 되면 거기에 질려 하게 되면서 새로운 가왕이 탄생하길 바라게 된다.

하지만 우리 동네 음악대장은 달랐다.

그가 보여준 무대는 대부분 감각적이었고 그리고 남들이 보기엔 신선할 뿐만 아니라 도전적인 요소가 가득했다.

때로 그는 남들이 하지 않는 장르를 선택하고 그것을 편곡해서는 전혀 다른 새로운 느낌을 주곤 했다.

폭넓은 음역대에 파격적인 선곡, 고퀄리티 무대까지 많은 사람이 그의 음악을 사랑한 건 그럴만한 이유가 있어서였다.

그러나 그 이후 「마스크싱어」가 하락세를 탄 것도 사실이었다.

김명진 피디가 이승수 피디를 보며 물었다.

"야, 어때?"

"응? 뭐가?"

"장기집권, 가능할 거 같지 않아?"

"……가능할 수 있지. 근데 가뜩이나 스케줄도 많다며. 우리 스케줄에 맞춰줄 수 있을까?"

거의 하루를 통째로 날려야 한다.

그뿐만이 아니다.

그 전에 노래를 준비해야 하는 시간도 고려해야 한다.

그것까지 생각해 보면 부담을 적잖게 가질 수밖에 없다.

대중이 원한다고 해도 출연자가 힘들어 하고 스케줄 문제로 하차를 원하게 될 때가 문제다.

게다가 이번에 몰표를 받았다.

당장 다음에 출연할 가수를 섭외하는 것도 골치 아픈 일이다.

벌써 권지연을 꺾었고 지난 번 가왕도 꺾었다.

게다가 배우나 개그맨 출신도 아닌 가수 출신의 도전자를 몰표를 받으며 꺾는데 성공했다.

여전히「마스크싱어」에 나오고 싶어 하는 연예인은 적지 않다.

아니, 많다고 할 수 있다. 문제는 강한수를 꺾어줄 사람이 나올 수 있을까 여부다.

김명진 피디가 얼굴을 찡그렸다.

"휴, 골치 아프게 됐네."

"어, 저 괴물을 누구한테 붙여."

"……권지연이 가왕되고 장기 집권할 거라고 생각했는데 웬 엉뚱한 녀석이 졸지에 역대 최장기 집권 가왕이 되겠는걸?"

"그렇지. 게다가 섭외가 가장 큰 걸림돌이야."

인지도 높은 가수들이 과연 나오려 할까?

지금 당장 걱정되는 건 바로 그 점이었다.

한수는 대기실로 돌아온 뒤에야 위풍당당 아수라 백작 복면을 벗을 수 있었다.

기분 좋은 해방감에 한수가 미소를 지었다.

얼마 지나지 않아 김 실장이 대기실로 뛰어 들어왔다.

"와, 대박…… 어떻게 몰표를 받냐?"

"저도 얼떨떨해요. 진짜 몰표 나올지는 몰랐는데……."

한수도 그때 엄청 많이 당황했었다.

대부분의 사람들은 호불호가 분명하게 있다. 그런 탓에 완전무결한 건 애초에 존재하지 않는다.

누구는 엄청 예쁘다고 주장해도 누구는 그것에서 흠결을 찾아낸다.

민주주의 사회에서 모든 사람이 만족하는 그림은 애초에 존재할 수 없다.

그랬기에 몰표가 나오는 순간 한수도 그 사실을 믿기 어려웠다.

하지만 상대 가수의 반응은 처참한 수준이었다.

설마하니 가왕이 몰표를 받을 거라고는 생각지도 못했기 때문이다.

대기 중에 노래를 들으며 위풍당당 아수라 백작의 노래가 어마어마하다는 생각을 했고 가왕이 될 수 없겠구나, 라고 짐작했지만 이 정도 차이가 날 줄은 그 누구도 예상치 못했을 것이다.

"집으로 갈 거지?"

"예. 피곤해요. 집에 가서 좀 쉴래요."

한수는 가면을 챙긴 뒤 밴으로 향했다.

그가 걷고 있는 복도는 쥐 죽은 듯 조용했다.

그의 정체를 최대한 들통 나지 않게 하기 위해서였다.

밴에 도착한 뒤 한수는 그대로 의자를 눕힌 채 잠에 빠졌다.

피로도를 써먹을 정신도 없었다.

온몸이 노곤했다.

오늘 첫 가왕방어전은 한수에게도 정말 힘든 무대였다.

가왕방어전이 끝나고 집으로 돌아온 뒤 한수는 졸린 눈을 비볐다. 부모님은 집에 계시지 않았다.

며칠 전 부모님은 결혼기념일이라면서 일본으로 해외여행을 갔기 때문에 집 안은 조용했다. 한수는 조용한 집 안에서 눈을 감았다.

그와 함께 자신의 확보한 채널이 속속 떠오르기 시작했다.

하위 카테고리는 대부분 확보하는 데 성공했다.

「스포츠」, 「레저」, 「교육」, 「음악」, 「애니메이션」, 「유아」, 「경제」, 「오락」, 「다큐멘터리」까지.

관련 채널을 전부 다 확보했다.

다섯 번째 카테고리 묶음 가운데 이제 남은 건 「교양」, 「유료」, 「오픈」 이렇게 세 가지다.

네 번째 카테고리 묶음에는 「공공」, 「공익」, 「정보」 그리고 「뉴스」가 있다.

세 번째 카테고리부터는 보다 더 유용한 카테고리가 두 개 존재한다.

「영화」 그리고 「드라마」다.

발연기라고 숱하게 윤환한테 놀림 받았던 한수가 가장 획득하길 원하는 채널이다.

바로 그 위에는 「종합편성채널(종편)」과 최상위층에 「지상파」가 존재한다.

하지만 한수는 이게 전부일 거 같다는 생각이 요즘 들지 않고 있었다. 세상에는 텔레비전에 나오지 않는 정보가 다양하게 존재한다.

바로 인터넷의 존재 때문이다.

어쩌면 이 모든 카테고리를 전부 다 확보하게 되면, 그래서 진짜 채널 마스터가 되면 그때는 그동안 알 수 없던 숨겨진 진실마저 얻을 수 있지 않을까 하는 생각도 해본 적이 있었다.

물론 어디까지나 지금은 망상에 지나지 않았다.

아직도 한수는 중급자 과정에 속해 있다고 봐야 했기 때문이다.

한수는 카테고리를 확인한 뒤 자신이 그동안 쌓은 명성 포인트를 체크했다.

런던 피카딜리 서커스에서 했던 콘서트 덕분에 그의 명성 수치는 부쩍 많이 쌓였다.

덕분에 필요로 하는 채널 확보권을 꽤 많이 얻을 수 있게 됐다.

어쩌면 오늘 네 번째 카테고리까지 확보가 가능해질 듯했다.

이 명성을 모두 채널 확보권으로 돌린다면 최소 네 개 이상은 얻을 수 있을 것으로 생각 중이었기 때문이다.

그는 그동안 묵혀뒀던 명성 수치를 차근차근 채널 확보권으로 변환시키기 시작했다.

그 뒤 필요로 하던 채널을 하나둘 확보했다.

우선 「교양」 영역부터 확인했다.

교양 카테고리에 포함되어 있던 채널 가운데 한수가 확보한 건 「YCN 사이언스」였다. 이는 과학 상식과 관련 있는 채널이었다.

무조건 필요로 하는 채널은 아니었지만 상위 카테고리에 있는 채널을 얻기 위해서는 이 채널이 필요했다.

그런 뒤 「오픈」 카테고리에서 한수는 「미라클 메디컬」 채널을 확보했다.

「미라클 메디컬」은 의학 관련 채널이었다.

이 채널을 구독한다고 해서 의사가 될 수 있는 건 아니었다.

하지만 의학의 기본적인 시식에 대해서는 알 수 있게 될뿐더러 그밖에 건강 관리법이나 응급구조방법 등을 배울 수 있었다.

한수가 「미라클 메디컬」을 구독한 건 혹시 모를 상황을 대비하기 위함이었다.

그리고 이제 남은 건 「유료」 카테고리에 포함되어 있는 채널이었다.

이 채널을 확보해야만 그 윗단계에 있는 상위 카테고리를 얻을 수가 있었다.

그렇다는 건 피로도 1을 소모해야 한다는 의미였다.

한수는 일단 눈을 떴다. 그리고 컴퓨터를 킨 다음 「유료」 카테고리에 포함되어 있는 채널 목록을 훑어보기 시작했다.

의외로 「유료」 카테고리에는 「Dog&Cat」 같은 정상적인(?) 채널도 존재했다.

이는 강아지와 고양이 훈육 방법을 가르쳐 주는 나름 유용한 채널이었다.

하지만 막상 눈을 감고 「유료」 카테고리를 훑어보니 「Dog&Cat」은 온데 간데 사라지고 없었다.

「유료」 카테고리에 속해 있는 채널은 모두 세 개였다.

204번 VVIP, 206번 Playboy, 208번 풀하우스TV.

한수는 혹시 하는 생각에 204번 채널을 확인했다.

사전에 그 채널에 어떤 프로그램이 있는지 확인할 수 있어서였다.

07:10 (한) 타락한 하녀

08:00 (서) 마이 리틀 와이프

09:10 (일) 사모님의 무한 쾌락

09:55 (한) 가상부부쇼 우리 자러 갈까요?

한수는 그것을 보며 얼굴을 붉혔다.

그것도 모자라 귓불까지 새빨갛게 달아올랐다.

그리고 한수는 마침내 유료 채널을 하나 확보했다.

물론 이건 어디까지나 상위 카테고리에 속해 있는 채널을 확보하기 위해서 어쩔 수 없이 내린 결정이었다.

그것도 잠시 한수는 슬쩍 리모컨을 돌리기 시작했다.

그와 함께 야릇한 사운드가 조용한 집 안을 메웠다.

CHAPTER
4

"크흠."

한수는 얼굴을 빨갛게 물들였다.

피로도가 순식간에 3이나 까였다.

이렇게 집중해서 보게 될 거라고는 생각지도 못했다.

그는 황급히 텔레비전을 껐다.

일단 「유료」까지 포함해서 모든 채널을 확보하는데 성공했다.

현재 한수가 확보한 채널은 13개였다.

「EBS PLUS 1」, 「퀴진 TV」, 「K-POP TV」, 「IBC Sports」, 「월척 TV」, 「Discovery」, 「대한경제 TV」, 「Travel World」, 「TBC」, 「Pop Nostalgia」, 「YCN 사이언스」, 「미라클 메디컬」, 「VVIP」.

처음 텔레비전 능력을 얻었던 게 2년 전이었으니 그동안 그래도 꽤 많은 채널을 확보할 수 있었다.

그렇게 하위 카테고리라고 할 수 있는 카테고리5부터 카테고리7에 속해 있는 영역의 채널 한 개 이상을 전부 다 확보하자 동시에 알림이 떴다.

한수는 자연스럽게 눈을 감았다.

[하위 카테고리5, 6, 7을 모두 정복하였습니다.]
[채널 마스터 상급자 단계에 올라섰습니다.]

그와 함께 새롭게 확보할 수 있는 네 가지 카테고리에 대한 정보가 떠올랐다.

그가 이제 확보할 수 있는 카테고리는 「공공」, 「공익」, 「정보」 그리고 「뉴스」였다.

한수는 머리를 굴렸다.

과연 이 카테고리에 해당하는 채널을 얻게 될 경우 자신이 얻게 될 이득은 무엇일까?

그동안 한수는 텔레비전 속에 존재하는 다양한 채널을 익혔고 그 채널 속 능력을 자신의 것으로 만들 수 있었다.

그러나 이 카테고리에 속해 있는 네 가지 채널은 도대체 어떠한 효능이 있는지 납득이 어려웠다.

이를 테면 「뉴스」를 생각해 봤을 때 이걸 얻음으로서 어떤 능력이 생기는지 이해가 가질 않았다.

한수가 눈매를 좁혔다.

그는 남아 있는 채널 확보권이 있는지 확인했다.

그동안 정말 많은 명성을 얻은 덕분에 쓸 수 있는 채널 확보권이 한 장 더 남아 있었다.

그는 채널 확보권을 이용해서 「뉴스」 채널 하나를 확보하고자 했다.

그러나 사용이 불가능했다.

"어?"

생소한 현상에 한수가 눈매를 좁혔다.

눈을 감자 알림이 떴다.

[「공공」, 「공익」, 「정보」 그리고 「뉴스」 카테고리에 속해 있는 채널을 확보하기 위해서는 그에 상응한 자격을 획득하셔야 합니다.]
[채널 확보권과 자격이 있어야 해당 채널을 확보 가능합니다.]

상급자 단계로 올라서서일까?

조건이 보다 까다로워졌다.

채널 확보권은 그렇다 쳐도 그에 상응하는 자격이 무엇인지 알 수 없었다.

그러나 이 네 가지 카테고리에 속한 채널을 확보해야 했다.

그래야 상위 단계에 올라설 수 있었다.

한수의 궁극적인 목표는 채널 마스터.

그러기 위해서는 최상위에 위치해 있는 지상파를 자신의 것으로 만들어야 했다.

문제는 상응하는 자격, 이것을 알 수 없다는 것이었다.

아무래도 이걸 알아내려면 꽤 많은 시간이 필요할 것 같았다.

다음 날 한수는 아침 일찍 일어났다가 뜻밖의 소리를 전해 들었다.

그에게 소식을 알려온 건 3팀장이었다.

그리고 비몽사몽 도중에 깬 한수에게 그 소식은 충격 그 자체였다.

"그러니까…… 잠깐만요. 뭐라고요?"

한수는 잠이 확 달아나는 걸 느꼈다.

이건 무슨 공포 영화를 본 듯한 기분이었다.

—아, 몇 번을 말해. 갤러거 씨가 널 보러 왔다고!

"보러 왔다는 건 지금 우리나라에 와 있다는 거죠?"

—어, 플라자 호텔에 머무르고 있대.

"……."

런던에서 코빼기 하나 안 비출 때부터 조짐이 이상했는데 설마 이곳까지 찾아올 줄이야.

한수가 한숨을 내쉬며 물었다.

"어떤 갤러거예요? 노엘? 리암?"

─어, 둘 다 왔어.

"……젠장."

오늘은 「유시윤의 드로잉북」 녹화가 있는 날이었다.

「유시윤의 드로잉북」 같은 경우 드라이 리허설, 카메라 리허설, 사전 녹화 순서로 이루어지게 되어 있다.

두 번의 리허설을 거친 뒤 사전 녹화를 하게 되고 방송은 토요일에 이루어지게 된다.

오늘 무대는 특집무대였다.

방송은 다음 주로 예정이 되어 있었다. 원래 특집 편성은 해도 촬영 일정을 늦추거나 하는 경우는 거의 없는 걸 보면 그만큼 유시윤이 한수를 꼭 섭외하고 싶어 했다는 걸 알 수 있는 부분이었다.

한수는 3팀장이 며칠 전 했던 이야기를 상기했다.

3팀장이 말하길 대부분의 방송은 사전 녹화를 하기 전 두 번의 리허설을 거치게끔 되어 있다고 했다.

첫 번째는 드라이 리허설이었다.

드라이 리허설은 연주자들의 소리만 맞추는 리허설로 음향을 테스트하고 모니터를 본인에 맞게 조절하는 것이다. 음향 엔지니어와의 커뮤니케이션이 중요한 작업이다.

그 뒤 카메라 리허설은 카메라 감독이 촬영하기 편하게끔 미리 동선을 보여주는 걸 의미한다.

보통 드라이 리허설 같은 경우에는 편한 복장을 입고 하지만 카메라 리허설 때에는 무대 의상으로 갈아입어야 했다.

그래야 조명이나 색상 등을 어울리게끔 맞춰놓을 수 있기 때문이다.

리허설을 위해서 「유시윤의 드로잉북」 녹화장까지 오후 세 시 전에는 가야 했다.

보통 리허설을 위해 걸리는 시간은 두 시간 남짓. 그러나 이번은 특집무대다 보니 대략 세 시간 정도 걸릴 것으로 예상하고 있었다.

거기에는 또 다른 이유가 존재했는데 이는 한수의 특집무대를 꾸며줄 게스트들도 리허설을 해야 했기 때문이다.

그런데 문제는 그 게스트들 모두 완벽주의자라는 것이었다.

그렇다 보니 ABC에서도 통 크게 한수에게 시간을 비워준 것이기도 했다.

나오는 면면마다 A급 가수가 아닌 경우가 없었으니까.

새삼 자신의 특집무대에 게스트로 나오겠다고 한 가수들을 생각하며 한수는 가슴 한구석이 벅차올랐다.

그래도 지난 1년 동안 헛고생을 한 것 같지는 않았다.

이렇게 좋은 사람들을 많이 알게 된 것도 복이면 복이었다. 그러나 갤러거 형제를 생각하니 머리 한구석이 지끈거렸다.

도대체 무슨 이야기를 하려고 12시간을 비행기 타고 날아온 건지 걱정스러웠다. 그렇다고 한들 여기까지 날아온 사람들을 바람맞힐 수는 없었다.

게다가 그는 코벤트 가든에서 두 사람을 바람맞히고 도망간 전적이 있었다.

괜히 그들한테 미움 사는 건 질색이었다. 한수는 미리 집 앞까지 와 있던 밴을 타고 미용실로 향했다.

오늘도 미용실에는 몇몇 아이돌들이 촬영을 앞두고 메이크업을 받기 위해 나와 있었다.

그렇게 한껏 스타일링을 받은 뒤 그가 향한 곳은 구름나무 엔터테인먼트 사옥이었다.

갤러거 형제는 연락해 온 뒤 곧장 구름나무 엔터테인먼트로 찾아왔다고 들었다. 그들은 지금 회의실에서 한수를 기다리고 있는 중이라고 했다.

두근거리는 마음을 가라앉힌 뒤 회의실 근처에 도착한 한수는 자신을 기다리고 있는 사람들을 볼 수 있었다.

3팀장과 윤환이었다. 그들뿐만 아니라 본부장과 이형석 대표도 나와 있었다.

이들이 끝이냐고?

다른 직원들도 힐끔힐끔 이쪽을 쳐다보고 있었다.

왜 그들이 먼 한국까지 오게 된 건지 궁금해하고 있었다.

오아시스의 명성은 예전 그대로였다.

특히 연예계에 종사하는 사람들이라면 그들을 모르려야 모를 수가 없을 터였다.

그들은 전설이니까.

이형석 대표가 한수를 보며 말했다.

"한수 씨, 무슨 제안을 해도 바로 대답하지 마요. 생각해 보겠다고 둘러대기만 해요."

"대충 뭘 원할지 짐작은 갑니다."

"……저도 황 피디님한테 이야기를 전해 듣긴 했습니다만 진짜 저 두 사람이 한수 씨를 자신의 세션으로 데려가려 하는 건가요?"

"그런 제안을 받긴 했습니다."

한수가 머쓱하게 웃었다.

윤환은 멍한 얼굴로 한수를 바라봤다.

그런 소문을 듣긴 했다. 그러나 농담이라고 생각했다.

한수도 자랑은커녕 아예 이야기 자체를 꺼내지 않았기 때문이다.

그런데 그게 사실이라고? 진짜 그런 제안을 받았다고?

윤환은 불과 1년 만에 확 바뀌어버린 한수의 위상이 새삼 실감 났다.

불과 1년 전만 해도 한수는 홍대 입구에서 버스킹 중이던 평범한 대학생이었다.

한국대학생인 게 특별했지만 그게 전부였다.

노래도 모창이었고 호소력 짙은 음색이 귀를 사로잡았지만 그게 전부였다.

그런데 불과 1년 만에 에릭 클랩튼이나 지미 페이지, 거기에 폴 매카트니와 공연을 함께 하더니 이제는 오아시스의 전 멤버인 노엘 갤러거와 리암 갤러거가 자신의 세션으로 들어 와 달라고 요구할 정도가 되었다.

윤환은 한수가 달리 보였다. 이제는 어엿한 뮤지션이 되어 있었다.

왜 유시윤이 그렇게 한수를 포섭하고자 안달이 났는지 이해할 것 같았다.

「마스크싱어」에서도 몰표를 받았다고 들었는데 납득이 갔다.

엄청난 무대를 선보인 게 분명했다. 방송으로 빨리 그 무대를 직접 보고 싶었다.

"일단 들어가 보세요. 두 사람 다 한수 씨를 기다리고 있었 거든요. 통역사가 필요하면……."

"아뇨. 괜찮습니다. 저 혼자 들어가도 충분합니다."

"음, 회사 사람은 필요 없나요?"

"어…… 박 팀장님하고 같이 들어가겠습니다."

어쨌든 한수는 구름나무 엔터테인먼트와 전속계약이 되어 있다. 박 팀장하고 함께 들어가는 게 이치에 맞았다.

한수는 박 팀장과 함께 회의실 안에 들어갔다.

그 안에는 금발을 하고 있는 갤러거 형제가 멀찌감치 떨어진 곳에 따로따로 앉아 있었다.

그렇다고 해도 비좁은 회의실이라 별반 차이는 없었지만, 한수가 들어오자 두 사람이 인상을 구기며 말했다.

"코벤트 가든에서는 왜 멋대로 사라진 거야?"

"너 일부러 도망친 거지?"

이럴 때는 쿵짝이 맞는 걸까? 갤러거 형제가 한수를 연거푸 압박해 왔다.

한수가 입을 열었다.

"그럴 의도는 아니었어요. 워낙 사람들이 많이 몰려들다 보니까 번거로운 건 피하는 게 나을 듯해서 빠져나간 거예요."

"됐어. 어차피 그 일은 신경 쓰지 않아. 그보다 너 내 제안은 생각해 봤어?"

노엘의 질문에 한수가 지난번 지연과도 나눈 이야기를 재차 풀어놓았다.

"노엘, 어떻게 생각할지 모르겠지만 저는 노엘과 다른 세대에요. 솔직히 저는 어렸을 때 오아시스 노래를 듣고 자라지 않았어요. 국내 가요를 들으면서 자랐죠."

"그래서?"

"그렇다 보니 록에 대해선 잘 몰라요."

"뭐라고? 그때 코벤트 가든이나 피카딜리 서커스에서 네가 보인 공연은 완벽한 로큰롤이었는걸?"

리암이 퉁명스러운 목소리로 대꾸했다.

"맞아. 완벽한 록 가이였지."

한수가 눈매를 좁혔다. 그들이 저렇게 느낀 건 다른 이유에서가 아니다.

한수는 그 가수의 경험과 지식, 생각 등을 흡수해서 모창을 할 수 있다.

그런 만큼 그 당시에는 그런 느낌이 충분히 살아 있었을 수 있다.

그러나 지금 강한수에게는 그런 게 없다. 물론 한수 본인이 원한다면 억지로 그것을 끌어다 쓰는 건 가능하다.

그렇지만 한수는 오아시스의 세션으로 들어가고 싶은 생각은 추호도 없었다.

록밴드 멤버의 삶은 겉으로 보기엔 화려해 보이지만 그 속은 병들어 있다.

온종일 술과 마약에 찌들어 있고 온종일 연습을 소화하다가 앨범이 발매되면 세계 곳곳으로 투어를 다녀야 한다. 투어가 끝나면 또다시 연습을 하며 새 앨범을 준비하게 되고 새 앨범 준비가 끝나면 똑같은 삶이 이어진다.

한수가 원하는 건 록밴드 보컬리스트나 기타리스트가 아니었다.

거기에 갇혀 있기엔 한수의 능력은 너무나도 광범위했다. 오아시스라는 이름으로도 한수를 가두기엔 부족했다.

노엘과 리암은 그런 한수를 보며 혀를 내둘렀다. 광오하지만 납득할 수 없는 건 아니다.

이십 대 초반에 그 정도 역량을 갖췄다. 전성기에 이르면 얼마나 더 엄청난 모습을 보여줄지 누가 알겠는가.

"젠장, 예전에는 오아시스 객원 멤버로 들어오라고 하면 너도나도 굽실거렸는데 말이야. 이럴 줄 알았으면 여기까지 오는 게 아니었는데."

"F***, 이렇게 된 거 하는 수 없지. 한스, 관광이나 도와줄 수 있어?"

그 순간 한수 머릿속을 스치고 지나간 아이디어가 하나 있었다.

그가 두 사람을 보며 물었다.

"귀국, 아직 멀었죠? 그럼 저하고 같이 어디 가보는 건 어때요?"

그들과 함께 짧지만 강렬한 추억을 하나 만들고 싶었다.

한수는 그들과 함께 「유시윤의 드로잉북」에 나가볼까 하는 생각을 하고 있었다. 실제로 그들은 내한공연도 적잖게 했으니까.

한수의 이야기를 들은 두 사람이 고민에 잠겼다. 둘 다 반응은 나쁘지 않았다.

오래전 내한공연을 왔을 때 한국 사람들의 반응은 열광적이었다.

특히 그들이 다함께 목 놓아 부르는 떼창은 전율이 돋을 정도였다.

특히 노엘의 인기는 국내에서 꽤 높은 편이었다.

그는 2012년 솔로 데뷔 이후 처음 내한공연을 펼쳤고 티켓팅 시작 2분 만에 전석이 매진되는 일이 벌어졌다. 그 뜨거운 반응에 5월 29일에 추가공연이 결정되었는데 이날은 그의 생일이기도 했다.

그 이후 2015년에 또 한 번 내한 공연을 했고 그 뒤 록페스티벌에도 참여하며 한국에 대한 애정을 드러내기도 했다.

그런 그가 3년 만에 또다시 한국에서 공연하게 된다면 다들 반가워할 게 분명했다.

리암은 내키지 않는 듯했지만 노엘이 선뜻 공연할 의사를 내비치자 그 역시 질 수 없다는 듯 자신도 참가하겠다고 의사를 밝혔다.

이제 남은 건 출연료 협상.

다만 이건 ABC에서 조율을 해야 할 부분이었다. 내친김에 한수는 곧장 ABC에게 연락을 취했다.

「유시윤의 드로잉북」 제작진과 MC 유시윤에게 이 사실을 알리고 협조를 구할 필요가 있었다.

"뭐라고? 잠깐만. 나 지금 거의 다 왔거든. 지금 회의실이지?"

째진 눈에 움푹 파인 볼, 갸름한 턱선에 까칠해 보이는 인상.

그는 잔뜩 흥분한 얼굴을 한 채 ABC 예능국 회의실 안에 들어섰다.

회의실에는 「유시윤의 드로잉북」 제작진들이 자리하고 있었다.

"진짜야? 진짜 맞냐고?"

"아, 시윤 형. 진정해요. 일단 앉아 봐요."

유시윤은 텀블러를 회의실 책상에 올려놓으며 자리에 앉았다.

그가 의자를 앞으로 당기며 제작진들을 둘러봤다. 그것도 잠시 그가 메인 피디를 쳐다보며 물었다.

"어떻게 된 거야?"

"그러니까 노엘 갤러거하고 리암 갤러거가 강한수 씨를 만나러 한국까지 왔대요."

"정말? 그 두 사람이? 와, 미쳤네."

"그러게요. 미친 거죠. 그런데 한수 씨가 두 사람을 꼬셨나 봐요. 같이 방송 출연할 생각 없냐고. 근데 평소 노엘이 한국에 대해 감정이 좋잖아요."

"그렇지. 내한공연 올 때마다 반응이 엄청 좋았거든. 떼창도 잘하고. 우리나라가 그런 건 진짜 좋다니까? 다른 데서는 절대 볼 수 없는 우리나라만의 문화지."

"그래서 노엘이 긍정적으로 생각했나 봐요. 그러니까 리암도 자신도 해볼 의향이 있다고 그랬다고 하네요."

"설마……."

"설레발치지 마요. 오아시스가 재결합하는 일이 말이나 되요? 그럴 일은 없을걸요."

"그래도. 노엘하고 리암 둘 다 출연한다는 건…… 오아시스 재결합한다는 의미일 수도 있지."

"어휴, 어쨌든 그래서 말인데 이번에 특집으로 해서 다음 주에 내보낼 생각이었잖아요."

"어. 그랬지."

메인 피디가 침을 꿀꺽 삼키며 말을 덧붙였다.

"이거 2주짜리로 편성해서 내보내려고요."

"2주?"

"예. 게스트 빵빵하잖아요. 게스트 전부 다 리허설하고 녹화하다 보면…… 아마 오늘 녹화 못 해도 여섯 시간은 해야 할 거 같은데요?"

"흠, 그럴 수도 있겠네. 2주짜리라고? 국장님은? 허락했어?"

"예. 상수 형이 허락받아냈죠. 형은 괜찮은가 해서요."

"나? 나야 상관없지. 어차피 오늘 스케줄은 이거 하나야. 그럼 이따가 오후 세 시부터 신나게 달리는 거네? 맞지? 어?"

애처럼 들뜬 유시윤을 보며 「유시윤의 드로잉북」 메인 피디가 고개를 절레절레 저었다.

그러나 누구라도 지금 이 상황에 놓인다면 즐거워할 수밖에 없을 터였다.

세계적인 밴드 오아시스의 전 멤버였던 노엘 갤러거와 리암 갤러거가 게스트로 나오는 무대다.

그들뿐만이 아니다.

평소 한수와 친분 관계가 있던 스타들도 게스트로 출동하기로 되어 있었다.

그들 모두 연예계에서는 톱스타급에 위치해 있으며 한 명, 한 명 특집편으로 꾸며도 될 정도의 역량을 갖추고 있다.

그런데도 한수를 위해 게스트로 선뜻 출연하겠다고 해준 사람들이었다.

그렇게 「유시윤의 드로잉북」이 2주짜리 특집으로 결정이 난 뒤 본격적으로 리허설이 시작됐다.

「유시윤의 드로잉북」 메인 피디를 비롯한 제작진들과 유시윤은 한수를 보며 두 번 놀라야 했다.

일단 그는 완벽주의자였다.

반주에 들어가는 악기 하나하나와 타이밍, 리듬, 음정, 그 밖에 모든 것을 매순간 완벽하게 체크했다.

보통 한수 같은 신인들은 이런 대형 무대에서 긴장해서 버벅거리고 제대로 체크도 하지 못하고 허둥지둥거리기 일쑤다.

여태 그들이 본 대부분의 신인이 그러했다. 하지만 한수는 전혀 달랐다.

"피카딜리 서커스에서 공연해서 그런가? 전혀 긴장하질 않네?"

"그러게요. 진짜 강심장인가 본데요? 와, 근데 진짜 깐깐하네요."

"대부분 다 저래. 김용훈 씨만 해도 얼마나 깐깐한데. 근데 진짜 꼼꼼하게 일처리 하네. 이 정도면 무대도 믿을 만하겠다."

"피카딜리 서커스에서 부른 거 못 들으셨어요? 그 정도 퀄만 뽑아줘도 최고죠."

"노엘하고 리암은?"

"두 분은 지금 대기실에 계세요. 이따가 드라이 리허설 들어갈 거예요."

"어때? 까칠하게 굴어?"

"전혀요. 사인해 달라고 해도 친절하게 다 해주고 그러시던데요?"

"다행이네."

메인 피디는 고개를 끄덕였다. 문제 될 일은 없어 보였다.

"방청객들은?"

"6시 30분부터 입장시키려고요."

"누구 특집인지는 알고 있어?"

"아뇨. 모르죠. 저희도 급작스럽게 잡은 거였잖아요. 일단 선착순으로 골라 받긴 했어요. 그리고 오아시스 팬카페 쪽에서도 사람 구해놨고요. 호응은 좋을 거예요."

"준비 잘해. 2주짜리로 내보낼 거야."

"예. 차질 없도록 할게요."

그러는 사이 드라이 리허설이 계속 진행됐다.

중간 중간 게스트로 나올 가수들이 드라이 리허설을 함께 진행했다.

그리고 끝으로 노엘 갤러거가 나왔다.

"리암은?"

"그게……."

스태프 한 명이 머리를 벅벅 긁으며 말했다.

"무슨 일인데?"

"노엘하고 싸우고 나서는 대기실을 떠났어요."

"……미친. 연락 안 돼?"

"네. 리암은 빠진다고 봐야 할 거 같아요."

앙숙이라는 말을 듣긴 했지만 리허설 직전에 다툴 줄이야.

메인 피디가 고개를 절레절레 저었다.

그러나 어쩔 수 없는 일이었다.

그리고 노엘까지 드라이 리허설을 끝낸 뒤 그들은 다시 한번
카메라 리허설을 하며 최종적으로 리허설을 모두 끝마쳤다.

이제 남은 건 사전 녹화였다.

녹화 시작 전 입담 좋은 사전 MC가 현란한 말솜씨를 보이
며 방청객들 분위기를 띄우기 시작했다.

무대를 세팅하는 동안 방청객들은 옆자리에 앉은 사람들과
수군거리며 대화를 나눴다.

다들 오늘 게스트가 여전히 누군지 알지 못하고 있었다.

그때 사전 MC가 입을 열었다.

"다들 오늘 게스트가 누군지 궁금하시죠?"

"예!"

방청객들이 목소리를 높였다.

특집편인 만큼 그에 걸맞은 게스트가 나올 것으로 예상 중이었지만 어떤 게스트가 나올지 걱정 반 기대 반이었다.

보통 녹화는 세 시간 정도 진행되는데 게스트가 별로면 그 녹화 시간이 무진장 지루하게 느껴질 수밖에 없기 때문이다.

사전 MC가 방청객들을 둘러보며 말했다.

"다들 기대하셔도 좋을 거예요. 오늘 게스트 라인업 엄청나거든요. 아, 그리고 오늘 녹화는 평소보다 조금 더 길게 진행하시는 거 아시죠?"

"네? 언제까지 하는데요?"

"그게…… 다섯 시간 정도 할 거 같아요. 특집이라서 양해 부탁드릴게요. 끝까지 자리 남아주실 수 있죠?"

그러나 지하철을 타고 집에 가야 하는 사람들이 발을 동동 굴렀다.

6시 30분부터 시작되는 녹화.

5시간 정도 하게 되면 11시 30분, 빠져나가는 시간을 감안하면 12시쯤 끝난다고 봐야 했다.

그때 되면 지하철 막차가 끊길 가능성이 상당히 농후했다.

지하철 막차가 끊기기 전에 다들 돌아가려고 할 터.

어째서 제작진이 이렇게 무리수를 둔 건지 이해하기 어려웠다.

방청객들이 수군거렸다.

몇몇은 타이밍을 봐서 일찍 빠져나가야겠다고 이야기하고 있었다.

그러는 사이 무대를 흥겹게 만들어줬던 사전 MC가 내려갔다.

그전부터 화려하게 켜져 있던 조명이 더욱더 밝아졌다.

동시에 무대 뒤에서 째진 눈, 얄팍한 볼, 까칠해 보이는 사내가 걸어 올라왔다.

「유시윤의 드로잉북」의 메인MC 유시윤이었다.

그의 등장에 사람들이 모두 환호성을 내질렀다.

녹화가 늦게 끝난다고 한들 그건 그때 가서 생각해 볼 문제였다.

지금은 오늘 특집무대를 즐기면 그만이었다.

유시윤이 입담 좋게 이야기를 늘어놓기 시작했다.

"반갑습니다, 여러분. 유시윤입니다. 아, 저 잘생긴 거 아니까 그만해요. 하하."

「우주최강미남 유시윤!」이라 적힌 피켓을 가리키며 유시윤이 잇몸 미소를 지어 보였다.

그것도 잠시 우우우우- 하는 야유소리에 유시윤이 토라진 듯 몸을 일으켰다.

무대 뒤로 빠져나가려 하던 유시윤이 멈칫하며 자리에 앉 았다.

"아, 이러면 저 오늘 진행 못 하는데. 그래도 오늘은 제가 한번 참아야겠네요."

유시윤은 리허설대로 진행을 능숙하게 이어나갔다.

"오늘 특집인데 누가 나올지 다들 궁금하시죠? 원하는 가수 있으신가요?"

"윤환이요!"

"임태호가 나왔으면 좋겠어요!"

"V.I.P요!"

"블루블랙이요!"

"지연 언니! 보고 싶어요!"

저마다 원하는 가수 이름을 부르기 시작했다.

유시윤이 어색하게 웃었다.

"음, 오늘 모실 분은 국내에서는 딱 음반을 한 장 내신 분이에요. 솔로 앨범은 아니고 듀엣으로 낸 앨범이에요."

응?

다들 고개를 갸웃거렸다.

특집무대다. 그런데 음반을 딱 한 장 냈다고? 이해할 수 없었다.

음반을 딱 하나 냈는데 어떻게 특집무대를 꾸밀 수 있단 말인가.

게다가 세 시간 녹화도 아니고 다섯 시간 녹화를 예정 중이라고 했다.

이건 유시윤이 농담하는 게 분명했다.

"그러나 최근 엄청 유명세를 누리고 있는 분이에요. 피카딜리 서커스에서 록 페스티벌에 버금가는 버스킹을 하면서 세계적으로 일약 화제가 되기도 했어요. 이 정도면 다들 누군지 알 거라고 생각합니다. 루비에서도 앨범을 발매하자마자 줄 세우기를 한 뒤 지금도 계속해서 1위를 유지 중에 있죠. 바로 강한수 씨입니다!"

웅성거림이 커졌다.

한수가 무대로 걸어 나오자 사람들이 얼떨떨한 얼굴로 박수갈채를 보냈다. 그러나 여전히 의구심이 남아 있었다.

유시윤도 멋쩍게 웃었다. 그것도 잠시 그는 무대 바깥으로 빠져나왔다.

일단 한수가 솔로로 부르는 노래를 들을 시간이었다.

한수는 지연과 함께 듀엣으로 낸 앨범에 수록되어 있는 노래를 부르기 시작했다.

감미로운 목소리에 서정적인 가사가 어울려 웅성거리던 방청객석을 어루만졌다.

그리고 노래가 끝이 났을 때 몇몇 방청객들은 조용히 눈시

울을 붉히고 있었다.

그러나 그것이 끝이 아니었다.

두 번째 노래가 이어졌다.

그건 지금도 루비에서 계속 1위를 차지하고 있는 이번 앨범의 타이틀곡 「별처럼」이었다.

동시에 무대 뒤에서 아름답게 차려입은 여가수가 걸어오기 시작했다.

권지연이었다.

몇몇 남자들이 환호성을 내질렀다.

그러나 이건 시작에 불과했다.

"아, 진짜 짜증 나 죽겠어. 왜 이렇게 섭외가 안 돼."

"스케줄이 꽉꽉 차 있다 던대? 그럴 바에는 해외 로케이션 촬영 있는 프로그램은 하차하면 안 되나?"

"나올 때마다 대박 나는데 우리 프로그램도 좀 나와 주면 좋겠다."

"그래도 우리 사정은 나은 편이지. 장 피디 봐. 거제였나? 이상한 곳으로 좌천됐다 하잖아. 이직해 보고 안 되면 사표 쓸 생각한다던대?"

그들의 입에 오른 이름은 장 피디, 장석훈 피디였다.

「트루 라이즈」 시즌1부터 시즌3까지 서바이벌 예능의 새로운 지평을 여는가 싶었던 그는 「트루 라이즈」 시즌4가 그야말로 폭망하면서 자취를 감췄다.

원래대로였으면 그래도 한두 번 기회는 더 주어졌을 것이다.

하지만 그가 TBC 경영진의 분노를 산 건 「트루 라이즈」 섭외 당시 한수를 물 먹인 일과 관련이 있었는데 한수가 무슨 문제를 일으킨 것도 아니고 한국대학생인 것 때문에 섭외를 억지로 막았다는 점 때문이었다.

그것 때문에 장석훈 피디는 한직으로 밀려난 것도 모자라서 지금은 지방으로 좌천당한 상태였다.

황금사단이 TBC로 전격 이직한 것도 적지 않은 영향을 끼치긴 했지만.

"진짜 황금사단, 황금사단하더니 완전 황금기네. 지금 시청률 대박 터진 게 두 개지?"

"그렇지. 「하루 세끼」에 「무엇이든 만들어드려요」까지 둘 다 대박 났지."

"완전 노 났지. 이야기 들어보니까 TBC 예능국장은 매일 싱글벙글 웃는 얼굴이어서 하회탈이라 불린다더라. 크크크큭."

"하회탈? 아오, 우리보고 TBC 따라잡으라고 할 거면 그에 걸맞은 애를 섭외시킬 수 있게 도와줘야 하는 거 아니냐?"

"그러니까. 내 말이 그 말이지. 강한수, 예능계 치트키! 얘만 데려올 수 있으면 딱인데…….."

"야. 그리고 보니 너네 그 말 들었냐?"

"뭔데?"

"유시윤하고 거기 신 피디가 이번에 강한수 섭외했다 하던대?"

누군가 꺼낸 말에 다들 눈을 동그랗게 떴다.

"뭐? 언제?"

"이번 주 특집 방송, 그거 강한수 편이라던대?"

"뭐? 걔 출국한 거 아니었어? 언제 촬영했대?"

"2주 전쯤 했다고 하더라. 그동안 극비로 보안 지켰다잖아. 방청객들 반응이 완전히 자지러졌다더라."

"……왜? 강한수 하나로 뽑아먹을 게 얼마나 있다고? 예능이야 지금 최고의 블루칩이지만 노래는 이제 기껏 앨범 하나 냈잖아. 설마 권지연이 게스트로 간 거 아니지?"

"들리는 소문인데……."

그 소문을 들으면 들을수록 그들의 낯빛이 창백해져 갔다.

ABS에서는 피디하고 MC하고 그렇게 쿵짝이 잘 맞아서 섭외를 했다는데 너희들은 그동안 뭐 하면서 밍기적거린 거냐! 라는 불호령이 떨어질 게 뻔했기 때문이다.

「유시윤의 드로잉북」은 매주 토요일 밤 12시에 방송을 한다.

시청률이 높게 나오기 힘든 시간대다.

보통 「유시윤의 드로잉북」을 보는 시청자는 두 종류로 나뉜다.

첫 번째는 음악을 사랑하는 사람들이다. 이들은 웬만해서는 생방송으로 「유시윤의 드로잉북」을 챙겨본다.

두 번째는 맞춤형 팬이다. 그 날 출연하는 사람을 보고 출연하는 사람 중에서 본인이 좋아하는 사람이 있으면 그에 맞춰 방송을 보는 경우를 일컫는다.

유한국은 개중 두 번째 부류에 속했다.

토요일 저녁이었다.

아직 월요일이 오기까지는 하루가 더 남아 있었다.

평일 내내 쌓인 피로를 풀기 위해 유한국은 텔레비전을 돌렸다. 리모컨을 돌리던 그때 한창 광고 중인 ABS 프로그램이 눈에 들어왔다. 「유시윤의 드로잉북」이었다. 특집편이기도 했다.

그는 호기심에 컴퓨터를 확인했다. 오늘 출연자를 확인해 보기 위해서였다.

그것도 잠시 출연자를 확인한 유한국이 눈을 휘둥그레 떴다.

"이, 이거 실화냐?"

오늘 특집편 이름은 강한수 특집이었다.

런던에서 록페스티벌에 가까운 버스킹을 하고 온 강한수를 위해 준비한 특집이라고 방송국 홈페이지에 소개가 되어 있었다.

그러나 유한국이 황당해했던 건 강한수를 제외한 다른 출연자 때문이었다.

1부와 2부, 두 가지로 나뉘어 방송한다는데 1부 게스트들이 쟁쟁했다.

1부 게스트로 출연하는 건 권지연과 윤환이었다.

권지연은 최근 강한수하고 함께 내놓은 앨범이 주가를 잔뜩 올리며 히트를 치고 있었다. 역대급 음반이라는 평가도 자자했다.

윤환은 한류 스타였다. 그의 가창력은 단연 알아줄 만했다. 「유시윤의 드로잉북」특집편 메인 게스트로 초대되어도 이상하지 않을 가수였다.

"그런데 보통 1부 게스트가 2부 게스트보다 끝발이 떨어지지 않나?"

그렇다는 건 2부에 나올 게스트가 1부에 나올 게스트보다 더 엄청나다는 의미였다.

일단 2부 게스트가 누군지는 모르겠지만 아무래도 오늘은 본방사수를 해야 할 것 같았다.

권지연과 윤환.

두 명이라면 황금 같은 주말의 1시간 정도 투자하는 건 전혀 아깝지 않은 일이었다.

그는 냉큼 텔레비전을 고정했다. 그리고 인터넷 반응을 훑었다.

역대급 무대라는 평가가 가득한 가운데 어떻게 저런 게스트를 섭외했냐고 「유시윤의 드로잉북」 제작진과 MC를 칭찬하는 글이 즐비했다.

"이 정도면 제작진이 엄청난 거 맞긴 하지. 강한수 보고 게스트로 출연하겠다고 했다고 해도 어떻게 이 정도 게스트를 섭외할 생각을 했지. 장난 아니네."

그는 혀를 내둘렀다.

실제로 「유시윤의 드로잉북」을 보는 건 시청자들만이 아니었다.

다른 방송국 피디들도 「유시윤의 드로잉북」을 생방송으로 시청 중이었다. 그리고 그들은 공개된 1부 게스트 명단을 보고 입술을 깨물어야 했다.

"하, 진짜 사표 쓸까?"

"신 피디, 진짜 너무하는 거 아니야? 어떻게 섭외했지?"

"유시윤이 엄청 힘썼다던데? 워낙 그 양반이야 이쪽 마당발이니까."

"짜증 나네. 당장 내일 출근하자마자 쌍욕 얻어먹는 거 아닌지 모르겠다."

"욕하면 다행이지. 눈치 주는 게 요새는 더 힘들어."

그들은 머리를 절레절레 저었다.

그러는 동안 광고가 끝나고 「유시윤의 드로잉북」 생방송이 시작됐다.

첫 무대를 채운 건 한수였다. 그리고 한수는 이번 앨범에 수록되어 있는 자신의 솔로곡을 부르면서 포문을 열었다.

감미로운 목소리에 호평이 줄을 이었다.

실제로 이 노래는 잔잔한 노래였던 탓에 반응이 좋지 않았다.

그러나 정말 낮은 저음에서부터 맑고 깔끔하게 터져 나오는 고음까지.

거기에 특유의 미성까지 겹친 덕분에 이 노래는 조금씩 순위가 치솟아 오르더니 지금은 루비에서 무려 3위에 안착해 있는 상태였다.

1위와 2위를 차지하고 있는 게 한수와 지연이 낸 듀엣곡이고 3위도 듀엣곡이었던 걸 감안해 보면 노래만으로 순위를 뒤집은 것이니 충분히 높게 평가할 수 있었다.

유한국은 노래에 푹 빠져들었다.

그도 우연히 노래를 들어본 적이 있긴 했다. 그러나 이렇게 좋은 노래일 줄은 몰랐다.

애초에 예능 프로그램을 먼저 했고 그러다가 갑자기 권지연하고 앨범을 냈기 때문에 선입견 같은 게 존재했었다.

하지만 그는 라이브로 노래를 부르는 한수를 보며 자신의 그것이 선입견이었음을 깨달을 수 있었다.

그 정도로 한수가 부르는 노래는 엄청났다. 온몸에 전율이 찌릿찌릿 흐르는 것만 같았다.

그렇게 첫 곡이 끝난 뒤 유시윤과 이야기를 나눌 줄 알았는데 무대 조명이 갑자기 꺼졌다. 그리고 양쪽에 조명이 확 밝아졌다.

한쪽에는 한수가, 다른 한쪽에는 권지연이 서 있었다.

두 사람이 무대 가운데로 천천히 걸어 올라오며 여전히 1위를 수성 중인 듀엣곡을 부르기 시작했다.

방청객들이 조용해졌다. 다들 노래에 집중하고 있었다.

노래가 끝난 뒤 두 사람은 유시윤과 나란히 앉았다.

유시윤이 한수와 권지연을 번갈아 바라보다가 방청객들을 보며 입을 열었다.

"여러분, 다들 박수 좀 쳐주세요. 어렵게 모신 분들입니다. 한수 씨, 그리고 지연 씨 어서 오세요. 지연 씨는 우리 프로그램에 몇 차례 나온 적이 있고 한수 씨는 처음이시죠?"

"예. 처음입니다. 잘 부탁드립니다."

한수가 꾸벅 고개를 숙였다.

방청객들이 박수갈채를 보냈다. 유시윤이 한수를 보며 입을 열었다.

어디까지나 오늘의 메인 게스트는 한수였다.

"요즘 한수 씨가 정말 유명한 거 같아요. 이게 다 영국에서 한 버스킹 때문인 거 같은데요. 어떻게 하다가 버스킹을 하게 되신 거예요?"

"예능 프로그램 촬영 때문에 하게 됐어요. 「무엇이든 만들어 드려요」 다음에 방영 예정인데요. 제목은 「싱앤트립」이에요."

"「싱앤트립」? 제목 좋네요. 노래와 여행, 버스킹하고 딱 맞는 제목인 거 같아요. 출연자는 어떻게 돼요? 저도 다음 기회에는 함께 갈 수 있을까요?"

유시윤이 흐흐거리며 웃어 보였다. 그 웃음에 방청객들이 박장대소를 보냈다.

유시윤의 속셈이 너무 훤히 보였기 때문이다. 인기 예능 프로그램에 업혀 가고 싶다는 심보가 확 눈에 들어왔다.

"런던은 지연 씨하고 함께 갔다 왔어요."

"……예? 잠깐만요. 누구요?"

리허설 도중 나눴던 이야기다.

유시윤은 이미 전후 사정을 빼곡하게 알고 있다. 그런데도 불구하고 그의 리액션은 엄청났다.

아마 사전 녹화 중인 시청자는 물론 지금 방송을 보고 있을 시청자들도 유시윤이 정말 모르고 있다가 이제야 알게 됐다고 생각했을 터다.

방청객들 반응도 난리가 아니었다. 듀엣 앨범을 내더니 함께 예능 프로그램을 찍으러 런던까지 갔다 왔다고 한다.

그때 지연이 쐐기를 박았다.

"방도 같이 썼는데요?"

"……지, 지연아! 삼촌이 너 많이 아끼는 거 알지? 근데 남자는 삼촌 빼고 다 늑대야. 무슨 뜻이냐면……."

유시윤이 다급히 지연을 바라보며 말했다.

지연이 한숨을 내쉬었다.

"삼촌, 저 성인이에요. 처음 출연했을 때야 미성년자였지만 지금은 아니라고요!"

"그, 그래도…… 크흠."

유시윤이 한수를 째려보기 시작했다.

마치 장인 어른을 보는 것 같은 모습에 한수가 머리를 긁적거렸다. 여기 있는 남자 방청객들도 비슷한 반응을 보이고 있었다.

졸지에 백만 안티를 양성한 것 같은 느낌이 싸하게 들었다.

해명이 필요했다.

"오해하지 마세요. 경비를 아껴야 해서 그랬던 거고요. 2층 침대 이용했어요. 그리고 거기 카메라가 몇십 개가 달려있었는데요? 별일 없었어요."

"……이렇게 당황하니까 더 수상한데요? 진짜 아무 일도 없었습니까?"

유시윤이 추궁하기 시작하자 한수가 얼굴을 벌겋게 물들였다. 생각해 보니 그렇고 그런 일은 몇 번 있었다.

사귄다기보다는 썸을 타는 정도의 소소한 일들.

런던 아이에서 있었던 일이 대표적이다. 그러나 한수는 입을 닫았다.

괜히 휘말려봤자 좋을 일이 없을 듯했다. 유시윤도 적당히 분위기를 잘랐다.

이 정도까지가 TBC하고 협의가 된 내용이었다. 그 이상은 본방사수를 위해 숨겨둬야 했다.

"자, 다음 곡입니다. 지금 한창 루비에서 2위를 달리고 있는 곡이죠? 노래 들은 다음 다시 인사드리겠습니다."

정신없이 시간이 지나갔다. 삼십 분쯤 지난 뒤에야 지연이 무대를 빠져나갔다.

한수는 유시윤과 단둘이 남았다. 유시윤이 한수를 보며 물었다.

"「싱앤트립」이라고 했죠? 다음 시즌은 언제 촬영 들어가요?"

"그, 글쎄요. 「무엇이든 만들어드려요」도 있고 「하루 세끼」도 있어서요. 어떤 걸 먼저 촬영 들어갈지 모르겠네요."

"아, 그랬지. 어, 음, 「하루 세끼」는 너무 힘들 거 같아서 좀 그렇고 「무엇이든 만들어드려요」도 열심히 해볼 생각 있는데……."

"예? 아직 기획안도 안 나왔는데요?"

"역시 「싱앤트립」이 낫겠죠? 황 피디님한테 이야기 좀 잘 전

해주세요."

"하하……."

한수가 막무가내로 나오는 유시윤 모습에 어색하게 웃었다.

그러나 이 모든 것들은 다 방송을 재미있게 살리기 위한 의도적인 장치였다.

"여러분은 어떻게 생각하세요? 제가 「싱앤트립」에 나오면 그림 좀 될 거 같지 않나요? 하하."

한수가 못 말리겠다는 얼굴로 유시윤을 쳐다볼 때였다.

그다음 게스트가 무대 위로 올라왔다. 윤환이었다.

한류 스타 윤환의 등장에 이번에는 여성 방청객들이 난리가 났다.

한수는 그것을 보며 윤환의 인기가 얼마나 대단한지 다시 한번 깨달을 수 있었다. 그리고 두 사람은 꽤 훌륭한 케미를 만들어내며 특집다운 특집이라는 평가를 이끌어내게 되었다.

하지만 여전히 특집은 1부 더 남아 있었고 그에 걸맞은 게스트가 준비 중에 있었다.

「유시윤의 드로잉북」 강힌수편 특집 1부를 본 시청자들은 이번에는 어떤 게스트가 나올지 궁금증을 이길 수 없었다.

다음 날 시청률이 떴다.

사람들은 그것을 보며 깨달았다. 예능계의 블루칩이 실존

한다는 것을.

블루칩.

오랜 시간 안정적인 이익을 창출하고 배당을 지급해 온 수익성과 재무 구조가 건전한 기업의 주식으로 대량 우량주를 일컫는 말이다.

주식 용어로 대표적인 블루칩으로는 삼원전자가 있다.

예능계에서 블루칩은 주식 용어의 블루칩보다는 대형 유망주라는 뜻을 가지는 경우가 많다.

그러나 요즘 피디들을 비롯한 방송국 관계자들은 진짜 예능계 블루칩이 실존하고 있다는 걸 새삼 느끼고 있었다.

그가 떴다만 하면 시청률이 팍팍 올랐기 때문이다.

덕분에 바빠진 곳은 하나, 구름나무 엔터테인먼트였다.

구름나무 엔터테인먼트의 2팀장이 인상을 구겼다.

그는 조금 전까지 ABS 예능국장과 통화 중이었다.

처음에만 해도 별일 아닌 줄 알았다. 아니면 「뮤직뱅크」 섭외 문제 때문에 연락을 준 것이라고 생각했다.

실제로 2팀장은 이번에 새로 키우는 걸그룹 데뷔를 위해 여러 방송국과 조율 중에 있었다.

신인 걸그룹 런칭인 만큼 보다 더 많은 혜택을 얻어내기 위해서였다.

ABS 예능국장의 태도는 사근사근했다. 마치 간이라도 빼

줄 것처럼 그의 목소리에는 호의가 듬뿍 담겨 있었다. 그러나 그건 전부 다 밑밥에 불과했다.

2팀장이 '그럼 우리 애들 데뷔 무대 잘 좀 부탁드립…….'까지 말했을 때 ABS 예능국장이 급하게 엑셀을 밟으며 끼어들었다.

그런 다음 그가 한 말은 가관이 아니었다.

2팀장이 심혈을 기울여 준비한 신인 걸그룹 런칭을 화끈하게 도와줄 테니 그 대신 강한수를 새로 기획안을 준비 중인 프로그램에 고정으로 꽂아달라고 부탁을 해온 것이었다.

피디도, CP도 아닌 예능국장이 직접 말이다.

처음 2팀장은 자신이 잘못 이야기를 들은 건 줄 알았다. 하지만 ABS 예능국장의 말은 진심이었다.

전화를 끊은 뒤 2팀장이 인상을 구겼다.

"휴, 되는 일이 없네. 진즉에 우리 팀으로 데려왔어야 하는 건데."

"누구…… 환이요?"

2팀장 앞에 앉아 있던 2팀 실장이 조심스럽게 물었다.

"아, 맞다. 환이도 빼앗겼지. 아, 생각해 보니 욕만 또 나오네. 야. 냉수 없냐? 냉수라도 들이켜야겠다."

2팀 실장이 냉큼 얼음물을 가져왔다.

벌컥벌컥- 냉수를 들이켠 2팀장이 방금 전 ABS 예능국장과 오고갔던 이야기를 풀어놓았다.

가만히 이야기를 듣던 2팀 실장이 눈을 휘둥그레 떴다.

"예능국장님이 부탁하실 정도였어요?"

"그럴 수밖에 없지. 그 녀석이 출연한 프로그램이 뭐 뭐 있냐? 다섯 개인가 여섯 개 되지?"

「하루 세 끼」, 「무엇이든 만들어드려요」, 「스타 플러스 라디오」 등등 손가락으로 프로그램 개수를 헤아려보던 2팀 실장이 대답했다.

"다 합쳐서 아홉 개네요."

아직 방송을 타지 않은 「싱앤트립」을 제외하면 모두 아홉 개였다.

"뭐야? 벌써 그렇게나 됐어?"

"예. 개중에서 고정으로 나오고 있는 게 일단 다섯 개네요."

「자급자족 in 정글」, 「무엇이든 만들어드려요」, 「쉐프의 비법」, 「마스크싱어」 거기에 윤환과 함께 나오고 있는 「하루 세끼」까지.

"그래. 아홉 개라고 치자. 그 프로그램들의 공통점이 뭐냐?"

"예? 어, 글쎄요?"

"시청률이 다 올랐다는 거야. 한수 그 녀석이 나올 때마다 시청률이 동반상승 중이라고. 「마스크싱어」 지금 시청률이 어떻게 돼?"

"예? 아마 평균 12% 정도 나오는 걸로 알고 있습니다."

"빨리 조사해 봐. 지금 「마스크싱어」 시청률이 몇이나 나오는지. 지난주에 강한수가 가왕전 했을 거 아니야?"

"예? 잠시만요."

2팀 실장이 스마트폰을 조작해서 시청률을 확인하기 시작했다. 그리고 그가 머뭇거리다가 조심스럽게 말했다.

"지난 주 14% 정도 나왔네요."

"거 봐. 2% 올랐잖아. 후, 우리 동네 음악대장 나왔을 때 몇 %였지?"

"가장 높았던 게 17.4%요. 그런데 설마 그 정도까지 치고 올라갈까요? 슬슬 「마스크싱어」도 매너리즘에 빠졌다는 말이 많던데……."

2팀장이 그런 실장을 보며 혀를 찼다.

"석중아."

"예, 팀장님."

"네가 데리고 있는 애 중에서 지금 당장 피카딜리 서커스로 간 다음 버스킹 연다고 하면 강한수만큼 그 많은 인파 모을 수 있는 애 몇 명이나 되냐?"

"……당연히 없죠."

"너뿐만이 아니야. 아무도 없어. 알아?"

"그게…… 그래봤자 록인데……. 우리나라에서는 록 음악이 별로 인기 없잖습니까?"

"그래. 그래서 조금 주춤거리고 있지. 문제는 외국에서 반응이 더 좋다는 거야. 내가 어제 무슨 소리를 들었는지 알아?"

"예? 뭔데요?"

"유니버셜 뮤직에서 거액의 딜을 해왔단다. 본부장님이 직접 하신 이야기야."

"유니버셜 뮤직요? 에? 제가 아는 그 유니버셜 뮤직 그룹 맞아요?"

실장이 눈을 동그랗게 떴다.

유니버셜 뮤직은 빅3로 손꼽히는 레코드 레이블 그룹 중 하나다. 본사는 미국 뉴욕시에 위치해 있으며 그 산하 레이블만 해도 어마어마하게 많다.

구름나무 엔터테인먼트하고는 비교도 할 수 없을 만큼 어마어마하게 큰 세계 3대 다국적 엔터테인먼트라고 할 수 있다.

그런 곳에서 거액의 딜을 해왔다고?

생소한 이야기에 실장이 두 눈을 끔뻑거리기만 할 때 2팀장이 말을 이었다.

"그래. 뭐, 유니버셜 뮤직 재팬에는 V.I.P도 포함되어 있으니까 그건 대수롭지 않은 일이라고 볼 수도 있지. 문제는 걔네가 제시한 조건이야."

"뭔데요?"

"모든 지원을 아끼지 않을 테니까 빌보드 차트에 올릴 음악을 만들자고 해왔어. 이게 무슨 뜻인지 알겠냐? 외국에서 그 녀석을 더 많이 알아주고 있다는 거야."

실장도 고개를 끄덕였다. 그도 보는 눈과 듣는 귀가 있었다.

실제로 그가 런던 피카딜리 서커스에서 했던 공연 같은 경우 화질이 그렇게 좋지 않은데도 불구하고 그 뷰(View)가 수백만 건을 넘어가고 있었다.

반응도 대단했다.

런던에서는 매번 그런 일이 비일비재하게 일어나는지 궁금하다거나 불과 하루 전날 런던을 떠났는데 이런 일이 일어나서 너무 속상하다고 하는 등 별의별 댓글들이 달려 있었다.

"……그래도 설마 유니버설하고…… 진짜 하는 거예요?"

"몰라. 그건 그렇고 레드퀸(RedQueen) 데뷔 준비는 잘 되어가?"

"예. 그럼요. 차질 없이 준비하고 있습니다."

"잘해."

2팀장은 눈매를 좁혔다.

레드퀸은 그가 야심차게 준비하고 기획한 구름나무 엔터테인먼트의 신인 걸그룹이었다.

4인조로 다들 예쁘고 어리고 끼도 있는 만큼 충분히 성공할 것으로 예상되고 있었다.

하지만 데뷔를 앞두고 여전히 뒷걸음질 치는 중이었는데

그 이유는 지금은 루비(Ruby)에 들어가도 순위권에 들어가기 어려워서였다.

조금 주춤하고 있다지만 여전히 한수와 지연이 함께 낸 앨범은 여전히 1위부터 5위까지 전부 다 싹쓸이 해둔 상태였다.

지금 레드퀸 신곡이 들어가 봤자 집안싸움이 될 게 뻔했고 냉정하게 생각해 볼 때 상위권 진입은 가능해도 최상위권 진입은 불가능할 것으로 추측되고 있었다.

한수와 지연이 새로 낸 앨범은 지금 거의 신드롬 수준으로 차트를 점령 중이었다.

홍보팀에서는 못해도 3주는 넘게 이 현상이 지속될 것으로 내다보고 있었다.

그것 때문에 구름나무 엔터테인먼트는 물론 국내의 굵직굵직한 엔터테인먼트들도 새 앨범을 내놓지 못하고 있었다.

실제로 몇몇 보이그룹이나 걸그룹이 야심차게 앨범을 내놓긴 했지만 그때마다 순식간에 차트에서 광속으로 사라졌기 때문이다.

지금은 일단 기다려야 했다.

「유시윤의 드로잉북」 촬영을 끝낸 뒤 한수는 「자급자족 in

정글」 촬영을 위해 수마트라에 와 있었다.

그 전에는 코카콜라를 비롯해 몇 가지 광고를 순차적으로 찍어야 했다.

그러나 「자급자족 in 정글」 촬영이 끝난 뒤 한수는 한국으로 귀국할 수 없었다.

런던으로 가야 했기 때문이다.

그건 「유시윤의 드로잉북」 출연을 조건으로 내걸고 노엘 갤러거와 한 약속 때문이었다.

노엘 갤러거는 막대한 출연료를 원하지 않았다. 그 대신 그는 한수에게 조건 하나를 내걸었다. 시간적인 여유가 있을 때 런던으로 찾아와 주길 원한 것이었다.

물론 한수는 그 조건을 거절할 수도 있었다.

노엘 갤러거가 「유시윤의 드로잉북」에 출연하지 않아도 한수와는 전혀 무관한 이야기였기 때문이다.

그가 「유시윤의 드로잉북」에 출연하는 건 ABS에서 반길 일이지 한수가 손해를 감수하면서까지 그것을 추진할 이유는 전혀 없었다.

그렇지만 한수는 노엘 갤러거가 하는 이야기를 듣고 런던에 가기로 마음을 먹었다.

노엘 갤러거가 한수에게만 털어놓은 이야기는 이러했다.

2009년 8월 28일은 대단히 중요한 날이었다.

바로 이 날 노엘 갤러거가 오아시스를 탈퇴했기 때문이다.

그는 오아시스의 공식 웹사이트에 오아시스를 탈퇴하겠다는 장문의 글을 남겼다.

노엘은 리암과 더 이상 함께 일할 수 없다고 밝히며 파리, 콘스탄츠 그리고 밀란에 있을 예정이었던 공연의 표를 구입한 모든 사람에게 사과를 표했다.

어떻게 보면 그건 예견된 일일지도 몰랐다.

노엘과 리암, 두 사람은 틈만 나면 다투기 일쑤였고 좋은 분위기에서 밴드가 굴러간 적이 손가락으로 꼽을 만큼 적었기 때문이다.

2009년 오아시스를 탈퇴한 뒤 노엘은 「Noel Gallagher's High Flying Birds」를 만든 다음 솔로 활동을 시작했다.

그가 솔로 활동을 하겠다고 기자회견을 연 날은 2011년 7월 5일이었는데 그 전에 앞서 2년 정도 공백이 있었다.

이 기간 동안 노엘은 외부 활동을 관둔 채 집에서 칩거하며 앨범을 쓰고 있었다.

그 앨범은 2008년 발매한 7집 「Dig Out Your Soul」 이후 곧장 준비 중이었던 새로운 앨범이었다.

만약 오아시스가 해체되지 않았으면 그건 8집 앨범이 되었을 테고 정식 발매가 되었을 것이다.

하지만 오아시스는 노엘과 리암의 불화로 인해 해체됐고

그 앨범은 빛을 볼 수 없었다.

그러나 이 앨범을 만들면서 노엘이 머릿속으로 그렸던 목소리는 리암 갤러거였다. 그것도 전성기 시절 리암 갤러거의 목소리를 상상하며 만든 것이었다.

하지만 전성기 속 리암 갤러거의 목소리는 더 이상 찾을 수 없는 환상에 불과했다.

게다가 그는 리암과의 불화로 인해 이미 오아시스를 탈퇴한 상태였다.

그 상황에서 새 앨범을 준비했으니 다시 오아시스로 뭉치자고는 할 수 없는 노릇이었다.

그것 때문에 그가 만든 앨범은 거의 십 년 넘게 묻혀 있었다.

그러다가 코벤트 가든에서 한수가 부르는 노래를 듣게 된 것이었다. 그러면서 리암을 덩달아 만나게 되는 불운을 얻기도 했지만 어쨌든 전성기 시절 리암의 목소리를 똑같이 부를 수 있는 사람을 만나게 됐다는 건 행운이었다.

그것 때문에 노엘은 이곳 한국까지 한수를 찾아오게 된 것이었고 그가 8집 앨범을 리암 갤러거의 목소리로 녹음해줄 것을 원하고 있었다.

머릿속에서 상상만 했던 그 목소리, 그 노래.

그것을 실제로 듣고 싶었기 때문이다.

그 때문에 천하의 노엘이 한수를 따라다닌 것이었다.

한편 그와 별개로「자급자족 in 정글」촬영은 순조롭게 이어졌다.

이미「자급자족 in 정글」을 촬영 중인 출연자들 대부분 전문가들이나 다름없었다.

그들에게 수마트라는 휴양지나 별반 다를 게 없을 정도였다.

게다가 한수가 합류하면서 생존이 한결 쉬워졌다.

웬만한 일은 철만과 한수가 나서면 금방 해결되기 일쑤였다.

그나마 지금 멤버에서 구멍이라고 할 수 있는 건 형준이었는데 요즘은 형준마저 독기를 품고 달려들고 있다 보니까 시청자들이 고구마를 느낄 틈이 전혀 없었다.

그것 때문에 제작진들은 골머리가 아팠다.

적당한 고구마와 적당한 사이다가 필요한데 지금은 사이다만 계속해서 들이키는 느낌이었기 때문이다.

이러다가 언젠가는 이 사이다가 사이다처럼 느껴지지 않을 때가 올 테고 그러면「자급자족 in 정글」의 수명도 그만큼 줄어들게 될 것이라는 의미였다.

대책을 논의할 필요가 있었다.

결국, 이번에도「자급자족 in 정글」촬영은 순조롭게 마무리됐다.

다들 덴판사르 공항에서 인천국제공항으로 돌아가려 할 때 한수는 노엘이 보내준 퍼스트 클래스 티켓을 이용해서 런던으로 향했다.

김 실장은 동행하지 않았다. 이건 한수와 노엘, 두 사람 개인간의 거래였다. 또한, 스케줄은 전부 다 미뤄두거나 혹은 다음 주는 되어야 촬영할 예정이기 때문에 걱정거리는 없었다.

런던 히드로 공항에 도착한 뒤 한수는 국내선을 이용해서 다시 한번 맨체스터 공항으로 향했다.

노엘, 그를 만나기 위해서였다.

이제 그동안 노엘이 묵혀뒀던 새 앨범을 녹음할 시간이었다.

한수는 캐리어를 끌고 맨체스터 공항에 도착했다.

그리고 공항 앞에는 한수가 오길 기다리고 있던 리무진 기사가 있었다.

그는 리무진을 타고 맨체스터 시내를 향해 빠르게 이동하기 시작했다.

"노엘은 어디 있나요?"

"노엘 씨는 지금 맨체스터에 있는 스튜디오에서 미스터 강을 기다리고 있습니다."

"스튜디오요? 설마 가자마자 녹음하려고 하는 거 아니겠죠?"

"그건 아닐 겁니다. 세션을 소개시켜 주시려고 하는 거 같습니다."

"세션이요? 아, 그렇겠네요."

오아시스는 밴드였다.

보컬리스트에 기타리스트 2명 그리고 베이시스트 1명으로 이루어져 있었다.

현재 노엘이 구하고 있는 세션은 두 명, 기타리스트와 베이시스트였다.

그래도 어느 정도 기본 실력 이상은 갖추고 있어야 하는 만큼 시간이 꽤 소요되고 있는 듯했다.

그러는 사이 미끄러지듯 이동하던 리무진이 커다란 경기장을 스쳐지나가기 시작했다.

한수는 창문을 통해 경기장을 올려다봤다.

「ETIHAD STATIUM」이라는 글자가 눈에 들어왔다.

평소 해외축구를 즐겨본 한수는 저 구장이 어딘지 바로 알 수 있었다.

"시티 오브 맨체스터 스타디움이군요."

"그렇습니다. 자랑스러운 맨체스터 시티의 홈구장이죠. 이따가 구경이라도 가시겠습니까?"

"그래도 괜찮을까요?"

"예. 귀국 전까지는 최대한 미스터 강의 편의에 맞춰 움직이라고 노엘 씨가 부탁하셨습니다. 원하시는 곳은 어디든 가실 수 있습니다."

"어, 그러면…… 올드 트래포드(Old Trafford)도 가볼 수 있을까요?"

갑작스러운 한수 질문에 그가 눈썹을 꿈틀거렸다.

"흠, 그곳에는 발걸음도 하기 싫지만 손님이 원하시는 일이니 들어드려야겠군요. 문제없습니다."

"하하, 감사합니다."

한수가 어색하게 웃었다.

올드 트래포드는 맨체스터 시티와는 지역 라이벌 관계인 맨체스터 유나이티드의 홈구장이었다.

그가 저렇게 날선 반응을 보이는 건 그럴 만한 이유가 있었다.

스튜디오 안에 들어선 한수는 노엘 갤러거를 다시 만나볼 수 있었다.

그가 한수를 보며 반갑게 인사를 건넸다.

"오! F***! 드디어 왔군."

"그 욕은 항상 한 번은 해야 성미가 풀리는 거예요?"

"왜? 이게 뮤제 있다고 생각해?"

"뭐, 그건 아니지만……. 그건 그렇고 세션은 구한 거예요?"

"일단 테스트 중이야."

"파파라치들이 난리 났겠는데요? 노엘 갤러거가 새로운 오아시스를 만들려고 한다고 생각중인 거 아니에요?"

"그럴지도 모르지. 그런데 너한테도 곧 파파라치 붙을 걸?"

"정말요?"

한수가 눈을 휘둥그레 떴다.

전혀 생각지도 못한 일이었다.

노엘 갤러거가 고개를 끄덕였다.

"네가 얼마나 유명한지 몰라서 그래? 네가 찍힌 그 유튜브 영상 조회수가 벌써 1천만 건을 넘겼어. 댓글 반응도 완전 뜨겁다고. 그 정도면 깜짝 스타라고 부르기에는 부족할 정도거든."

"좋아요. 녹음은 언제부터 할 거죠?"

"빠르면 모레. 그동안 계속해서 연습해 왔거든. 자, 너도 들어가자고. 둘 다 지금 녹음실에서 뻗어 있을 거야."

한수는 노엘과 함께 녹음실 안으로 들어갔다.

그 안에는 꽤 젊어 보이는 두 남자가 사이좋게 뻗어 있었다.

노엘이 발로 툭툭 그들을 건드렸다.

"굼벵이들아, 어서 일어나지 못해?"

"아, 노엘! 잠 좀 잘게요. 어제 죽어라 연습했단 말이에요."

"그래? 내가 그럼 평생 잠들게 해줄까?"

한수는 짓궂게 말하는 노엘을 보며 혀를 찼다.

아마 그의 이 고약한 말버릇은 평생 갈 것 같았다.

절대 바뀌지 않을 그의 시그니처 같은 것이었다.

그래도 노엘이 계속해서 발로 걷어찬 덕분에 그들이 하

나둘 좀비처럼 몸을 일으키기 시작했다.

"이 자식들아! 너네가 그렇게 보고 싶어 하던 사람이 왔는데도 안 일어날 거냐?"

"예? 뭐라고요?"

그들이 노엘 말에 두 눈을 끔뻑이다가 천천히 떴다.

갈색머리에 파란색 눈동자가 예쁘장한 청년이 일어나다가 한수를 알아보고는 기겁하며 뒤로 물러났다.

뒤늦게 일어선 금발머리 청년도 처음에는 어리둥절하다가 한수를 쳐다보고는 말을 어버버하기 시작했다.

한수가 노엘을 보며 말했다.

"……제대로 된 세션인 거 맞아요? 아무리 정식 앨범도 아니고, 투어도 없다지만 이건 너무한 거 아니에요?"

"괜찮아. 둘 다 긴장해서 그래. 정 그러면 네가 얘네 긴장 좀 풀어주던가."

한수는 노엘을 바라봤다.

그는 어깨를 으쓱거릴 뿐이었다.

한수가 두 사람에게 다가간 뒤 인사를 건넸다.

"반가워요, 한스에요."

"처, 처음 뵙겠습니다. 베이스를 맡게 된 찰리입니다."

"저, 저는 제2기타리스트 애, 앤디입니다."

두 사람이 애써 침착하려 애쓰며 손을 내밀었다.

한수는 두 사람과 손을 번갈아 잡은 다음 그들을 보며 물었다.

"듣고 싶은 노래 있어요?"

"예? 갑자기 무슨……."

"두 사람 실력 좀 보고 싶어서 그래요. 원하는 노래로 해줄게요. 이왕이면 둘 다 아는 노래여야 할 테니까요."

갑작스러운 한수 제안에 노엘이 콧노래를 부르며 무대로 올라왔다.

"좋아. 그렇다면 내가 제1기타를 맡지."

노엘이 손수 나서자 다른 두 명도 결정을 내려야 했다.

"저, 저도 준비 됐어요."

"저도요."

두 사람이 어눌한 목소리로 대답했다.

한수가 그들을 보며 재차 물었다.

"누구 노래를 듣고 싶은데요? 원하는 노래로 해준다니까요?"

"……프레디 머큐리요!"

찰리의 입에서 갑작스럽게 나온 이름에 한수가 머리를 긁적였다.

프레디 머큐리(Freddie Mercury).

록 장르 역사상 가장 위대한 보컬리스트 중 한 명으로 손꼽힐 뿐만 아니라 4옥타브를 넘나드는 영국의 록 밴드 퀸(Queen)의 리드 보컬이자 프론트맨.

맨체스터에 오자마자 프레디 머큐리의 보컬을 보여 달라는 말에 한수는 쓴웃음을 지었다. 그리고 그는 두 사람이 노리는 바가 뭔지 알 수 있었다.

이들은 유튜브 영상으로만 자신의 무대를 봤다.

실제로 본 적은 없다.

그렇다 보니 이들은 지금 자신의 실력에 대해 확신을 가지지 못하고 있었다.

노엘 갤러거는 다르다.

그는 이미 전설이다.

오아시스의 전 멤버이자 위대한 작곡가이기도 했다. 누구도 그의 실력을 의심하지 않는다.

하지만 한수는 여전히 무명이다. 피카딜리 서커스에서 했던 공연이 그를 단숨에 스타로 띄워 올렸지만 그걸 오랜 시간 지켜나가기 위해서 가장 필요한 건 바로 경력이었다.

아마 그때쯤 되면 더 이상 한수에게 이런 시답잖은 테스트를 하려는 사람도 나타나지 않게 될 게 분명했다.

그러나 지금은 어쩔 수 없는 일이었다.

노엘 갤러거가 한수를 쳐다보며 물었다.

"무슨 노래할 거야?"

한수가 웃으며 대답했다.

"퀸의 노래를 듣고 싶다며? 그럼 그 노래밖에 없지."

동시에 한수가 마이크를 쥐었다.

노엘 갤러거는 흥미진진한 표정으로 한수를 쳐다봤다.

과연 그는 불세출의 보컬리스트라고 불리는 프레디 머큐리의 노래마저 완벽하게 소화할 수 있을까?

그러나 걱정은 되지 않았다.

과연 얼마나 대단할지 기대가 될 뿐이었다.

반면에 두 철부지는 조금 뒤 벌어질 일은 까맣게 모른 채 기타와 베이스를 두드릴 준비를 하고 있었다.

그 순간 노래가 시작됐다.

Mama, just killed a man.

엄마, 방금 사람을 죽였어요.

한수가 첫음을 떼고 노래를 시작했을 때 찰리와 앤디 둘 다 순간 박자를 놓치고 말았다.

노엘이 없었으면 애당초 공연은 망가졌을 것이다.

기타와 베이스 둘 다 보컬리스트를 쫓아가지 못했으니까.

그것도 잠시 앤디와 찰리가 능숙한 솜씨로 한수의 목소리를 쫓아가기 시작했다.

그렇지만 그들은 믿을 수 없다는 얼굴로 한수를 빤히 바라보고 있었다.

프레디 머큐리. 1991년에 죽은 그의 목소리가 지금 이 자리에 살아 숨 쉬고 있었다.

'미친. 진짜 그 유튜브 영상이 사실이었단 말이야?'

'조작 아니었어? 어떻게 저게 가능하지?'

Mama, oooh— I don't' wanna die.

엄마, 나는 죽고 싶지 않아요.

폭발적인 고음이 터져 나왔다.

그 후 노엘의 현란한 기타 연주가 뒤를 이었다.

앤디와 찰리는 두 사람이 만들어내는 무대를 보며 입을 다물지 못했다. 그와 함께 한수가 마이크를 내려놓았다.

"이 정도면 됐겠죠?"

"……미안합니다."

"죄송해요."

한수는 어깨를 으쓱했다.

노엘은 그들을 노려보다가 소리쳤다.

"오늘 녹음 들어가자고? 녹음할 때 그렇게 했으면 이미 시작부터 끝장난 거야. 무슨 뜻인지 알지?"

"예."

"그럼 연습이나 더 하고 있어. 나는 이 녀석 데리고 가야 할 곳이 있으니까."

노엘 갤러거는 한수를 데리고 스튜디오를 빠져나왔다.

리무진은 스튜디오 앞에서 대기 중이었다. 두 사람이 리무진에 올라타자 리무진이 부드럽게 출발했다. 한수가 의아한 얼굴로 노엘 갤러거를 보며 물었다.

"어디 가는 거예요?"

"어디긴. 너에게 위대한 클럽을 소개하기 위해서지."

"예?"

한수가 얼떨떨한 표정을 지어 보일 때였다.

십여 분 정도 리무진이 달린 끝에 아까 전 맨체스터 국제공항에서 시내로 들어올 때 지나쳤던 그 경기장이 보이기 시작했다.

에티하드 스타디움.

맨체스터 시티의 홈구장이었다. 그때 리무진 기사가 노엘 갤러거를 돌아보며 말했다.

"그러고 보니 미스터 강이 올드 트래포드도 구경 가고 싶다고 하더군요."

"뭐? 이 자식이. 그걸 내가 용납할 거 같아?"

"……아니, 그게 왜요? 맨체스터 유나이티드는 유성형이 뛰었던 곳이라고요!"

"됐어! 나만 쫓아와."

그리고 그는 한수를 데리고 에티하드 스타디움 안으로 들어섰다. 그리고 그가 향한 곳은 에티하드 스타디움 옆에 있는 트레이닝 센터였다.

그곳에서는 주말 경기를 앞둔 선수들이 한창 연습경기 중이었다.

텔레비전에서나 본 선수들이 바로 코앞에서 연습경기 중인 모습을 본 한수가 눈을 반짝반짝 빛냈다.

그때였다.

코치 한 명이 노엘 갤러거를 향해 달려왔다.

"미스터 갤러거!"

"오! 잘 됐네. 마침 잘 됐네. 다른 게 아니라 내가 이 녀석을 맨체스터 시티 서포터즈로 만들고 싶은데……."

"네? 혹시 유망주인 겁니까?"

한수를 위아래로 훑어본 코치가 반색했다.

큰 키에 적당한 체격조건, 한수를 유망주로 오해하기엔 충분했다.

"응?"

노엘 갤러거가 고개를 갸웃거렸다.

그는 맨체스터 시티 공식 앰버서더가 된 이후 구장과 훈련장을 자유자재로 드나들 수 있는 권리를 얻었다.

그러나 경기를 앞둔 선수들의 집중력을 흩트릴 수는 없는 일이었기에 실제로 그가 경기장을 찾는 일은 매우 적었다.

그런데도 오늘 이곳을 찾은 건 한수도 맨체스터 시티의 서포터즈로 만들어버리기 위해서였다.

그게 이곳에 온 노엘 갤러거의 목적이었는데 코치가 한수를 유망주로 평가하고 있으니까 기분이 묘했다.

그때였다.

훈련장에서 튄 공 하나가 한수 앞으로 데굴데굴 굴러왔다. 맨체스터 시티 선수 한 명이 한수를 향해 손을 들어 보였다. 공을 달라는 제스처였다.

톡톡—

「IBC Sports」를 이미 구독했던 한수다.

볼 트래핑 정도는 식은 죽 먹기다. 실제로 그는 프리미어 리그에서 뛰는 다양한 선수들의 재능을 쓸 수 있었다.

그렇게 몇 차례 볼트래핑 이후 한수는 정확하게 자신의 공을 상대에게 전달했다.

정확히 자신의 발밑 아래 도착한 공을 본 맨체스터 시티 선수가 엄지를 척 치켜올렸다.

그것도 잠시 또 다른 공이 또 한수에게 날아들었다.

한수는 어김없이 그 공을 그대로 상대에게 돌려줬다.

한 치의 오차도 없는 정확한 롱패스였다.

그렇게 롱패스가 몇 차례 이어지고 있을 때 사무실에서 그것을 빤히 보고 있던 대머리가 한 명 있었다.

CHAPTER
5

대머리의 이름은 호셉 펩 과르디올라(Josep 'Pep' Guardiola)였다.

보통 펩이라는 애칭으로 불리는 인물.

경기장에 있는 사무실에서 오늘도 전술과 전략을 고민 중에 있던 그는 시끌벅적한 소리에 트레이닝 센터를 내려다봤다.

웬 젊어 보이는 동양인이 선수들하고 롱패스를 주고받고 있었다.

"누구지? 처음 보는 얼굴인데?"

볼 트래핑을 할 때마다 얼굴이 슬쩍 보였는데 생소한 얼굴이었다.

펩 과르디올라는 완벽주의자다. 그리고 일 중독자다.

그는 선수 한 명, 한 명을 모두 컨트롤하고 있으며 그들의 식단 메뉴까지 일일이 챙길 정도로 까다로운 사람이다. 그런데 외부인이 트레이닝 센터까지 와서 공을 차고 있는 모습이 그로서는 껄끄러울 수밖에 없었다.

"어떻게 된 일인지 확인해 봐야겠군."

펩 과르디올라는 한창 작성 중이던 수첩을 쥔 채 사무실을 빠져나왔다.

무슨 일이 일어나고 있는 건지 확인해 봐야 할 것 같았다.

노엘 갤러거를 마중 나왔던 코치는 젊은 동양인 청년을 바라보며 눈을 빛냈다.

어렸을 때부터 체계적으로 트레이너를 받은 게 분명했다.

발목힘이 근사했고 볼 트래핑도 완벽했다.

게다가 원하는 위치에 제대로 패스를 연결하는 정확한 힘 조절 능력을 갖추고 있었다.

코치가 노엘 갤러거를 보며 입을 열었다.

"어디서 저런 선수를 데려온 겁니까?"

"그게……."

고민하던 노엘 갤러거 눈에 멀리서 걸어오고 있는 펩 과르디올라가 보였다.

그는 근질거리는 입을 다물었다.

"미첼 코치, 어떻게 된 일입니까? 무슨 일이죠?"

미첼 코치는 뒤늦게 펩 과르디올라를 알아봤다.

그가 멋쩍은 얼굴로 노엘 갤러거를 가리키며 말했다.

"노엘 갤러거 씨가 클럽 하우스를 방문해 주셨는데요. 갤러거 씨가 젊은 유망주를 데려온 거 같습니다."

"젊은 유망주요? 그러기엔 나이가 있어 보이는데요? 유스로 보기엔 이십 대 초반 같군요. 그래도…… 볼을 다루는 실력은 수준급이네요."

펩 과르디올라가 눈을 빛냈다.

평소 그가 선호하는 선수는 볼을 다루는 능력이 뛰어난 선수다.

즉, 발밑이 좋은 선수를 뜻하는데 그가 그런 선수를 선호하는 건 다른 이유에서가 아니다.

그건 펩 과르디올라하면 떠올리는 특유의 전술 「티키타카(Tiki-Taka)」 때문이다.

티카타카를 수행하기 위해서 가장 필요한 건 발재간이다.

공을 잘 다룰 줄 알아야 탈압박이 가능하고 그래야 보다 오랜 시간 공을 소유할 수 있다.

공의 소유를 통해 점유율을 높이고 그 높인 점유율을 통해 유기적이면서 완벽한 패스플레이를 만들어내야 하고 그 능력을 바탕으로 상대방의 수비를 뚫어야만 한다.

전성기 시절의 FC바르셀로나는 이 티키타카를 이용해서 세계 최초로 6관왕을 이룩하기도 했다.

그것이 가능했던 건 탈압박과 전진 패스, 그리고 볼간수가 완벽한 메시, 이니에스타 그리고 사비가 있었기에 가능한 일이었다.

펩 과르디올라는 말없이 뒤에 선 채 선수들의 훈련 모습을 바라보기 시작했다.

선수들도 젊은 동양인이 연거푸 정확한 패스를 찔러주자 놀란 듯 일부러 그에게 패스를 건네주고 있었다.

그러다가 어느 순간부터는 골대를 앞둔 크로스 형태로 패스가 휘기 시작했다.

제자리에서 골대를 향해 크로스를 꽂아넣는 한수를 보며 펩 과르디올라가 침을 삼켰다.

자신이 생각하던 완벽한 패스가 바로 저기 존재했다.

그의 패스는 데이비드 베컴(David Beckham)을 닮아 있었다.

볼을 다루는 능력은? 발재간은? 탈압박 능력은?

저 젊은 유망주의 모든 게 궁금했다. 유망주가 아니라도 상관없었다. 테스트를 해보고 싶은 게 솔직한 그의 마음이었다.

펩 과르디올라가 노엘 갤러거를 바라보며 물었다.

"미스터 갤러거."

"감독님, 무슨 일이시죠?"

"저 사람은 도대체 누굽니까?"

한수를 알아보지 못하는 펩 과르디올라를 보며 노엘 갤러거가 짓궂은 웃음을 흘렸다.

그는 슬쩍 미소를 지으며 말했다.

"제 친구 아들입니다. 어때요? 패스가 완전 죽이죠?"

"예. 진짜 대단하네요. 혹시 프로팀 계약이 되어 있는 선수입니까? 유망주라고 보기에는 나이가 좀 있어 보이는데……."

"그건 저도 모르겠군요. 하하."

노엘 갤러거는 급진지한 펩 과르디올라 말에 머뭇거리며 입을 뗐다.

'뭐야? 왜 이렇게 진지해? F***, 설마 진심으로 물어보는 건 아니겠지?'

그러나 펩 과르디올라의 목소리는 여전히 가라앉아 있었다.

그는 신중한 얼굴로 한수를 쳐다봤다. 여전히 그는 틈틈이 자신에게 굴러오는 공을 절묘한 크로스로 연결해 주고 있었다.

어느새 몇몇 선수들은 한수에게 손짓을 보내며 함께 경기에 뛰지 않겠냐고 물어보고 있었다.

옆에 있는 미첼 코치를 보고 그를 새로 맨체스터 시티에 합류하게 된 선수로 착각하고 있는 모양이었다.

미첼 코치를 보며 말했다.

"미첼 코치님, 어떻게 보십니까?"

"일단 패스는 발군이네요. 진짜 엄청난데요? 원하는 위치로 정확하게 보내고 있어요. 탈압박은 어떨지 모르겠지만 아까 보니까 볼트래핑도 곧장 잘하더군요."

"흠, 한번 테스트를 해보고 싶은데…… 프로팀에서 뛰는 선수겠죠?"

그는 혼잣말로 중얼거리더니 전화를 걸었다.

노엘 갤러거는 두근거리는 마음을 감춘 채 한수를 쳐다봤다.

축구까지 잘할 줄은 생각지도 못했다.

노엘은 맨체스터 시티의 광팬이었다. 그리고 그는 현재 맨체스터 시티의 앰버서더로 활동 중이었다.

다만 그의 축구 실력은 엄청나게 구렸다. 그 때문에 그는 축구를 관람하는 것만 좋아하고 하는 건 꺼렸다.

축구를 해도 얼마 뛰지 못하고 뻗어 버리기 일쑤였다.

그래서 노엘 갤러거는 자신의 음악적 재능은 원래 주어진 것이지만 축구는 그렇지 않다고 애석해했다.

그 대신 축구는 자신이 무엇보다 사랑해 마지않는 것이며 만약 밴드 생활을 하지 않았으면 축구 암표상이 되었을 거라고 한 인터뷰에서 밝힌 바 있었다.

그 정도로 노엘 갤러거의 축구 사랑은 엄청난 편이었다.

특히 맨체스터 더비만큼은 무슨 수를 쓰더라도 이겨야 한다고 주장할 정도였다.

거의 혐오할 정도로 맨체스터 유나이티드를 싫어했는데 아마 아까 한수가 진짜 올드 트래포드에 가려 했다면 그의 머리카락을 죄다 쥐어뜯어놓았을 수도 있는 일이었다.

어쨌든 그 정도로 맨체스터 시티를 사랑하는 노엘 갤러거인데 자신이 데려온 사람이 갑자기 맨체스터 시티행 급물살을 타기 시작하자 기대 반 걱정 반이었다.

한편 스카우트 팀장을 부른 펩 과르디올라는 어떻게 할까 고민하다가 한수와 직접 부딪혀보기로 마음먹었다.

그가 공을 또 한 번 골대에 근접하게 찬 한수에게 다가갔다.

"미스터?"

"예? 어? 펩 과르디올라?"

한수가 놀란 얼굴로 상대를 바라봤다.

설마 하니 이곳 에티하드 스타디움에 놀러왔다가 펩 과르디올라의 얼굴을 보게 될 줄은 생각지도 못한 일이었다.

"처음 뵙겠습니다. 호셉 펩 과르디올라입니다. 제가 뭐라고 부르면 될까요?"

"편하게 한스라고 불러주시면 됩니다."

한수는 얼떨결에 자신의 이름을 한스로 부르고 있었다.

한수와 한스, 두 이름이 발음상 비슷했고 또 부르기 쉬운 이름이어서였다.

"한스(Hans)? 혹시 독일인입니까?"

펩 과르디올라가 의아한 얼굴로 물었다.

한스는 독일어, 네덜란드어, 덴마크어 등에서 사용되는 남자 이름이다. 외모는 동양인이었지만 어쩌면 유럽 국적자일지도 몰랐다.

"아닙니다. 저는 한국인입니다."

"아, 그렇군요. 음, 잠시 이야기 좀 나눌 수 있을까요?"

한두 번 공이 더 날아왔지만 펩 과르디올라가 대신 그 공을 훈련장 안으로 밀어 찼다.

그가 펩 과르디올라와 서 있는 걸 본 선수들은 더는 공을 보내지 않고 개인 훈련과 팀 훈련에 집중하기 시작했다.

한수가 대답했다.

"예. 말씀하시죠."

"혹시 프로 축구 선수입니까?"

"……네?"

당황한 한수를 보고는 펩 과르디올라가 웃으며 말했다.

"템퍼링이 불법인 건 잘 알고 있습니다. 그래도 어느 구단에서 뛰는지는 알고 있어야 이적 제안을 넣을 수 있다 보니…….."

한수가 떨떠름한 얼굴로 펩 과르디올라를 바라보다가 멋쩍은 목소리로 말했다.

"죄송하지만 뭔가 착오가 있으신 모양인데 저는 프로 축구 선수가 아닙니다."

"예? 그럴 리가요? 방금 전 그 크로스는 보통 연습으로는 가능한 게 아닙니다. 데이비드 베컴의 크로스를 생각나게 할 정도였어요."

한수가 그 말에 머리를 긁적였다.

「IBC Sports」 채널을 처음 확보한 뒤 한수가 즐겨본 건 맨체스터 유나이티드의 과거 경기였다.

한수는 박유성이 맨체스터 유나이티드로 이적한 뒤 프리미어리그를 본격적으로 본 해외축구 늦둥이 세대였기 때문이다.

그는 맨체스터 유나이티드 경기를 집중적으로 봤고 그러다가 데이비드 베컴의 경기를 주구장창 보기 시작했다.

특히 어느 위치에서나 원하는 위치로 정확하게 크로스를 찔러주는 데이비드 베컴의 능력은 어마어마했다.

한수는 그 영상을 보며 꾸준히 연습을 거듭했고 그 덕분에 크로스 하나만큼은 꾸준히 경험치가 쌓였다.

드리블이나 볼트래핑도 틈틈이 연습을 하긴 했지만 가장 주력을 두고 연습한 건 역시 크로스였다.

그렇지만 펩 과르디올라가 프로 축구 선수냐고 물어볼 정도일지는 생각지도 못했다.

뭐라고 말을 해야 할까 고민하던 한수가 웃으며 입을 열었다.

"그게 어렸을 때부터 데이비드 베컴을 좋아해서요. 영상으로 그의 크로스를 많이 찾아보곤 했어요. 그 이후로 꾸준히 연습을 했고요."

"진짜 프로 축구 선수가 아닌 겁니까?"

한수가 고개를 끄덕였다.

"예. 저는…… 지금은 가수입니다."

"가수요?"

펩 과르디올라가 고개를 갸웃거렸다.

그때 한수를 뒤늦게 알아본 미첼 코치가 놀란 얼굴로 소리쳤다.

"설마 그때 피카딜리 서커스에서 공연했던……."

"알고 계시는군요."

"폴 매카트니도 공연했다는 말에 곧장 유튜브로 영상을 찾아봤거든요. 그런데 당신이 설마 그 동양인 가수일 줄은……."

미첼 코치는 진짜 생각지도 못한 만남에 적지 않게 당황하고 있었다.

펩 과르디올라도 엄청 놀란 표정이었다.

그것도 잠시 그는 냉정하게 머릿속으로 계산을 끝냈다.

그가 말을 꺼내려 할 때 노엘 갤러거가 뒤늦게 입을 열었다.

"미첼 코치, 미안해. 일부러 숨긴 건 아니야. 나도 이 녀석이 이렇게 축구를 잘할 줄은 전혀 몰랐거든. 그냥 맨체스터 시티의 서포터즈로 만들려고 데려온 거였어. 앨범 하나이긴 하지만 나하고 함께 녹음할 거거든."

"정말입니까? 드디어 새 앨범을 내시는 겁니까?"

맨체스터 시티의 코치이자 오아시스의 팬이기도 한 미첼 코치가 두 눈을 반짝반짝 빛냈다.

그러는 동안 훈련을 끝낸 선수들이 하나둘 걸어오기 시작했다.

그들을 본 한수가 침을 꿀꺽 삼켰다. 지금 눈앞에 세계적인 선수들이 서 있었다.

세르히오 쿤 아게로(Sergio 'Kun' Aguero), 다비드 실바(David Silva), 카일 워커(Kyle Walker), 라힘 스털링(Raheem Sterling) 등.

지금 걸어오고 있는 선수들 모두 맨체스터 시티의 주축을 이루고 있는 선수들이었다.

그때 아까 공을 주고받았던 다비드 실바가 한수에게 다가왔다.

"너 공 되게 잘 차더라? 2군에서 뛰게 되는 거야?"

"에?"

"빨리 1군으로 올라와. 네 크로스는 진짜 예술, 그 자체였어."

"다비드 말이 맞아. 진짜 환상적이었어. 다비드가 올려주는 크로스는 종종 이상한 곳으로 튀긴 하거든."

새하얀 피부에 앳된 외모의 청년이 웃으며 그 말을 받았다.

그는 케빈 더 브라위너(Kevin De Bruyne)였다.

"시끄러워. 여하튼 1군으로 빨리 올라와. 너 정도면 금방 올라올 거야."

"미첼 코치님. 어디서 영입한 거예요? 유스 같진 않던데⋯⋯."

"금방 1군으로 올라올 거 같지 않아요? 라힘, 네 자리가 걱정이겠는데?"

"됐거든."

툴툴거리며 지나치는 선수들이 보였다.

한수는 그들이 나누는 대화를 들으며 긴장할 수밖에 없었다.

지금 저들이 자신과 함께 뛰길 바라고 있었다. 그리고 라힘 스털링은 은근슬쩍 자신을 곁눈질하며 견제 중이었다.

생소한 경험에 한수가 당혹스러워할 때였다. 펩 과르디올라가 그런 한수를 보며 말했다.

"저와 함께 뛰어보지 않겠습니까?"

한수는 펩 과르디올라의 말에 난색을 표했다.

"에, 그게⋯⋯."

한수는 축구를 뛰는 것보다는 보는 걸 좋아한다. 텔레비전 속 능력을 얻기 전만 해도 그는 축구 실력이 형편없었다.

세모발이었고 그 때문에 공은 예상치 못한 곳으로 날아가 곤 했다.

그것 때문에 「IBC Sports」를 비교적 이른 시간에 확보한 것이기도 했다.

그 정도로 축구를 좋아했으니까. 그렇다고 해도 축구선수가 되고 싶은 생각은 없었다.

축구선수도 쉐프와 별반 다를 게 없다. 한 시즌을 위해서 그들은 정말 많은 노력을 기울인다.

피트니스를 통해 체력을 키우고 몸을 단련하면서 부상을 견뎌내고 주 단위로 경기를 뛰어야만 한다.

부단한 노력이 필요한 스포츠다.

쉐프들이 뜨거운 불과 씨름하며 주방에서 악전고투를 벌이는 것과 크게 다르지 않다.

"어떠십니까? 저는 당신을 영입하고 싶습니다."

곤혹스러워하는 한수와 달리 펩 과르디올라는 잔뜩 몸이 달아올라있는 모습이었다.

미첼 코치가 생소한 펩 과르디올라의 모습에 오히려 놀랐을 정도였다.

한수가 그런 펩 과르디올라를 보며 말했다.

"저는 축구 선수가 될 능력이 없습니다."

"그게 무슨……."

무엇보다 한수가 축구 선수가 될 수 없는 이유가 있었다.

단순히 볼 컨트롤이 좋고 크로스를 잘 올린다고 해서 축구 선수가 될 수 있는 건 아니다.

장기간에 걸친 시즌을 소화할 수 있을만큼 체력이 좋아야 한다.

그러나 한수의 체력은 평범한 일반인 수준이다.

머릿속에는 축구에 대한 지식이 폭넓게 들어 있다. 아마 전략, 전술도 어렵지 않게 따라갈 수 있을 것이다.

문제는 체력이다.

펩 과르디올라가 그 말에 고개를 끄덕였다. 그가 추구하는 전술은 모든 선수가 함께 뛰는 토탈 사커다.

네덜란드에서 처음 고안해낸 축구 전술로 요한 크루이프 (Johan Cruyff)가 이 전술을 바르셀로나에 스며들게 했고 펩 과르디올라는 토탈사커를 계승해서 더욱더 발전시키는 데 성공했다.

토탈사커는 최전방에 있는 공격수가 가장 앞서 있는 수비수고 최후방에 있는 골키퍼는 가장 뒤에 있는 공격수로 의식하게 해서 전원공격, 전원수비의 형태를 취하는 전술이다.

그것 때문에 펩 과르디올라는 발재간이 좋은 골키퍼를 선호했고 그래서 잉글랜드 국가대표 출신의 조 하트(Joe Hart)를 세리에A로 임대시키기까지 했을 정도다.

그러나 이 전술은 선수들 전원이 모두 함께 점유율을 유지

해야 하는만큼 체력적으로 강인할 것을 요구한다.

그래서 펩 과르디올라는 맨체스터 시티에 감독으로 부임하자마자 선수들의 몸 관리 및 식단 관리에 전력을 기울였으며 그들의 체력부터 끌어올리기 시작했다.

한수의 패스나 크로스는 환상적이었지만 체력은 3부 리그 수준에도 미치지 못하는 그가 맨체스터 시티의 주전 선수로 뛸 수 있을지는 미지수였다.

그렇지만 여전히 펩 과르디올라는 미련을 버리지 못하고 있었다.

한수는 그가 원하는 유형의 선수였다.

그를 윙어에 둘 경우 메수트 외질(Mestu Ozil) 못지 않은 양질의 패스를 제공해 줄 수 있을 게 분명했다.

'아쉽군, 아쉬워. 그래도 반년 정도 꾸준히 피트니스를 해주면 체력적인 부분은 보강할 수 있지 않을까? 반년이면 딱 다음 시즌 개막할 때가 시기가 겹칠 테고.'

펩 과르디올라는 18-19시즌을 머릿속에 그려봤다.

중앙에는 다비드 실바와 케빈 더 브라위너가 서 있고 그들은 유기적으로 패스를 공급해 준다. 그리고 양쪽 측면은 라힘 스털링과 한스가 서게 되는데 라힘 스털링이 빠른 기동력으로 상대편 수비를 뒤흔든다면 한스는 정교한 패스로 단 한 번에 원톱에게 최고의 크로스 또는 패스를 찔러넣어준다.

최고의 그림이 그려지는 것 같았다.

"테스트라도 한번 받아보는 건 어떻겠습니까?"

"에, 그게……."

한수가 머뭇거릴 때 함께 공을 주고받았던 선수들이 한수를 보며 말했다.

"한 경기 뛰어볼까?"

"아까 패스 완전 좋던데? 한번 뛰어보자고."

텔레비전으로나 봐왔던 선수들이다. 그들이 직접 같이 뛰자고 이야기하고 있었다.

형설관에 있을 때에도 한수는 틈틈이 선배들하고 축구를 뛰곤 했다.

한국대학교에 입학하고 나서도 축구 동아리를 찾았고 지난번에는 석진이 자신에게 연예인들이 소속되어 있는 축구 동아리에 가입을 권유한 적도 있었다.

그럴 때마다 시간 부족을 핑계로 미루긴 했는데 지금은 맨체스터 시티의 1군 선수들이 한번 같이 뛰어보자고 떡밥을 던져대고 있었다.

해외축구 매니아인 한수에게 그건 뿌리칠 수 없는 엄청난 유혹이었다.

"……유니폼하고 축구화 좀 빌릴 수 있을까요?"

한수가 어색하게 웃으며 미첼 코치에게 물었다.

잠시 뒤, 등번호가 마킹되지 않은 유니폼을 입고 축구화로 갈아 신은 뒤 한수가 연습경기장으로 향했다.

가만히 그 모습을 보고 있던 펩 과르디올라는 마침 도착한 스카우트 팀장을 향해 입을 열었다.

"저 동양인에 관해 모든 정보를 알아봐주게."

"……누구입니까?"

"내가 그걸 알면 자네를 불러겠나? 누군지 지금 바로 알아봐주길 원하네."

그때 펩 과르디올라 눈에 띈 남자가 있었다. 이미 그는 벤치에 앉아 본격적으로 경기를 직관할 준비를 하고 있었다.

"미스터 갤러거한테 물어보면 도움이 될 거야. 그가 데려온 사람이거든."

"알겠습니다."

노엘 갤러거한테 허둥지둥 뛰어가는 스카우트 팀장을 보던 펩 과르디올라가 시선을 돌렸다.

그 역시 강한수가 필드 위에서 어떤 모습을 보여줄지 기대가 되었다.

"한동안 전쟁 같더니 이제 좀 살만하네요."

"그러게. 한수 때문에 진짜 요 며칠 죽는 줄 알았잖아."

구름나무 엔터테인먼트 사옥.

홍보팀 직원들은 저마다 고개를 세차게 저었다.

"완전 난리도 아니었지."

런던의 코벤트 가든과 피카딜리 서커스에서 했던 버스킹.

그 공연 이후 구름나무 엔터테인먼트로 매일 수백 건의 전화가 물밀 듯 밀려들었다.

국적도 다양했다.

영국, 프랑스, 미국, 네덜란드, 이탈리아 등. 그들이 전화를 건 이유는 다른 게 아니었다.

섭외 때문이었다. 그리고 대부분의 섭외는 뉴스 프로그램이었다.

해외 토픽에도 몇 차례 실렸고 BBC와 CNN에서도 중점 있게 다룰 만큼 한수가 보여준 퍼포먼스는 어마어마한 것이었다.

그래도 시간이 차츰 지나면서 그때 그 열광적인 분위기는 조금씩 사그라들고 있었다.

그 덕분에 홍보팀 직원들도 한숨을 돌릴 수 있었다.

그러나 이번에 한수가 「자급자족 in 정글」 촬영이 끝난 뒤 또다시 런던으로 간다는 말을 했기 때문에 조금 걱정이 되고 있었다.

이상하게 한수는 가는 곳마다 엄청난 이슈를 몰고 다니긴 했다.

「자급자족 in 정글」 첫 촬영 때부터였다.

그때부터 지금은 아예 소식이 없는 정수아와 말썽이 빚어지더니 황금사단과 프로그램을 함께 하면서 항상 이슈의 중심에 서 있었다.

그런 탓에 일말의 불안감이 있었다.

또 런던에 갔다가 괜한 이슈를 만들어내는 게 아닌가 하는 불안감 말이다.

"하, 빨리 여섯 시가 됐으면 좋겠다. 그럼 바로 퇴근할 텐데."

"오늘 칼퇴근이야? 부럽네."

"딱히 이슈 될 일도 없잖아. 아니, 이슈될 일이 생기면 안 되지. 그 즉시 야근인데……. 영화나 예매해 볼까?"

홍보팀 직원은 곧장 인터넷을 켰다.

최근 개봉한 영화 가운데 어떤 영화를 봐야 할지 고민이 됐다.

다들 고만고만한 게 막상 고르기가 어려웠다.

고민 끝에 그녀는 영화 한 편을 예매했다.

좋은 자리를 예매해두고 시곗바늘이 12시를 가리키길 염원하고 있을 때였다.

시계바늘이 서서히 돌아가더니 12시 가까이 멈춰 섰다.

그녀가 하이힐을 벗은 뒤 운동화를 신고 재빠르게 가방을 들쳐맸을 때였다.

조용하던 사무실에 갑자기 전화벨이 울리기 시작했다.

홍보팀에 놀러왔던 회계팀 직원이 나가려다가 말고 눈을 키며 말했다.

"지금 벨 울리는데?"

"뭐? 설마…… 잘못 걸려온 전화일 거야."

시계바늘이 12를 가리켰다.

여섯 시 정각.

홍보팀 직원이 입술을 깨물었다.

고민하던 그녀가 하는 수없이 수화기를 잡았다.

장난전화이길 바라며 수화기를 받아들었을 때 누군가가 속 사포처럼 말을 쏘아붙였다. 악센트가 강한 영국식 영어였다.

그녀가 입술을 깨물었다.

그리고 얼마 지나지 않아 그녀는 수화기를 내려놓았다.

"……무슨 일이야?"

새파랗게 질린 그녀를 보며 회계팀 직원이 조심스럽게 물었다.

그녀는 말없이 한숨을 내쉬었다.

"후."

한참 머뭇거리던 그녀가 굳게 잠겨져 있던 책상 서랍을 열 쇠를 돌려 열었다.

서랍 구석에는 담배갑이 숨겨져 있었다.

한동안 금연하겠다고 숨겨둔 다음 열쇠로 굳게 잠가 두기까지 한 서랍이었다.

한 대 피우러 옥상가자고 해도 끝까지 금연 의욕을 불태우던 그녀가 스스로 금단의 상자를 열어버린 것이었다.

회계팀 직원은 서늘한 분위기에 주춤거리며 뒤로 물러났다.

그러면서 그녀는 홍보팀 여직원이 예매했던 영화표를 취소하고 중얼거리는 소리를 들을 수 있었다.

"강한수 진짜……."

또다시 강한수가 사건을 일으킨 모양이었다.

그로부터 몇 시간 뒤 홍보팀이 떠들썩해졌다.

그들은 한수가 영국에서 무슨 일을 벌인 건지 뒤늦게 파악할 수 있었다.

"그러니까 맨체스터에 가서 노엘 갤러거를 만났고 그하고 같이 맨체스터 시티의 홈구장을 찾아갔다가 거기서 펩 과르디올라 감독을 만났다는 거지?"

홍보팀장이 상황을 정리했다.

하루가 머다 하고 사건사고를 일으키는 한수 때문에 그는 오랜만에 주어진 휴가를 반납하고 오후 여덟 시가 되어가는데 회사에 출근한 상태였다.

"예. 맞아요."

"그리고?"

"맨체스터 시티 스카우트 팀장이라는 분이 전화를 했는데 그분께서 혹시 프로 축구 선수가 아니냐고 물어보셨다고 하네요."

칼퇴근을 하려다가 실패하고 만 홍보팀 여직원이 아까 전통화했던 내용을 상세하게 이야기했다.

그 이야기를 듣던 홍보팀장이 어이없는 얼굴로 중얼거렸다.

"그러니까 트레이닝 센터에 가서 패스 좀 했는데 그게 엄청났고 그 덕분에 펩 과르디올라 감독 눈에 든 데다가 졸지에 프로 축구 선수로 오해를 받았다는 거네?"

"맞아요. 그쪽 스카우트 팀장이 그렇게 말했어요."

홍보팀장이 한숨을 내쉬었다.

아무리 생각해도 말이 안 되는 이야기였다.

노래에 요리에 공부까지 잘한다.

그것 때문에 몇몇 네티즌들은 진짜 사기캐가 나타났다고 상식적으로 그게 말이 되는 거냐고 따지고 있을 정도다.

홍보팀장도 내심 질시를 하긴 했다.

하나만 잘해도 사람 구실하기엔 충분한데 한수는 별의별 것을 다 잘할 줄 알았으니까.

그래도 몸 쓰는 일하고 연기는 못한다고 들어서 그나마 안심하고 있었다.

실제로 한수가 예능 프로그램에 나와서 혁혁한 활약을 보여준 뒤 충무로나 각종 드라마국에서도 그를 섭외할 움직임을 보이고 있었다.

주연은 아니지만 조연이나 엑스트라로는 충분히 써 먹음직한 인지도였으니까.

그러나 구름나무 엔터테인먼트에서는 그 모든 섭외를 일체 거부하고 있었다.

한수가 발연기인 걸 굳이 사람들에게 알릴 필요는 없었기 때문이다.

지금 한수에게는 주어진 모든 일을 척척 다 해내는, 만능 엔터테이너의 이미지를 꾸준히 쌓아 올려주는 게 훨씬 더 좋은 판단이었다.

"일단 한수의 생각을 알아봐야 할 테니까 본인한테 의사 물어봐. 축구 선수가 될 생각이 있는지 없는지."

"예."

"너는 대표님하고 3팀장님한테 보고 올려."

"이미 했어요."

"그래? 그럼 됐고. 또 뭐가 남았지?"

"일단 이 정도가 끝이에요."

"생각보다 별 거 없네. 그럼 여기서 끝내……."

그때였다.

또다시 전화가 울리기 시작했다.

그들 홍보팀에게는 공포의 전화벨 소리였다.

홍보팀장이 전화를 받았다. 그리고 누군가와 대화를 나누던 홍보팀장 얼굴이 새파랗게 질렸다.

전화가 끝난 뒤, 홍보팀 직원이 홍보팀장을 보며 물었다.

"팀장님, 무슨 전화세요?"

"맨체스터 시티 사장이라는데…… 한수의 이적료로 천만 파운드를 생각 중이라고."

구름나무 엔터테인먼트는 한수가 전속 계약이 되어 있는 소속사였다.

그런데 맨체스터 시티에서 구름나무 엔터테인먼트에 그 전속 계약 해지에 대한 위자료로 천만 파운드, 한화로 170억 원을 제시한 것이었다.

그 이야기에, 구름나무 엔터테인먼트가 발칵 뒤집혔다.

한수는 유니폼을 입고 맨체스터 시티 연습경기장에 들어갔다.

그동안 조기축구만 했는데 이렇게 프리미어리그 1군 무대에서 뛰게 될 줄은 전혀 생각지도 못한 일이었다.

물론 엄밀히 말하면 1군이라기보다는 1.5군이라고 봐야 했다.

1군 선수들과 2군 선수들이 섞여 있어서였다.

또, 하나 정식 경기는 아니었다.

30분 정도 뛰는 연습경기였다.

그래도 세계적인 선수들과 함께 뛸 수 있게 됐다는 것, 그 것 하나만으로도 심장이 터질 것처럼 거세게 뛰고 있었다.

미첼 코치가 센터 서클 한가운데 섰다. 그리고 그는 경기장에 선 스물두 명의 선수들을 바라보며 소리쳤다.

"경기는 삼십 분만 진행하도록 한다. 오늘은 손님이 있는 만큼 다들 사정을 두고 하도록."

선수들이 슬쩍 한수를 쳐다봤다. 그는 지금 왼쪽 미드필더 자리에 서 있었다.

반대편이긴 하지만 지금 한수가 서 있는 위치는 데이비드 베컴이 즐겨 서던 위치였다. 펩 과르디올라가 그를 어떻게 써 먹으려 하는지 짐작이 갔다.

선수들도 아까 전 한수의 크로스를 본 만큼 꽤 긴장하고 있었다.

함께 뛰게 된 케빈 더 브라위너가 한수를 보며 말했다.

"오늘 경기, 잘 부탁해. 아까 크로스는 진짜 예술적이었어."

"물론이지. 얼마든지 침투해 들어가라고. 곧장 패스를 찔러넣어줄 테니까.”

“자신감 넘치는 태도는 보기 좋네. 하하. 아 그건 그렇고 저 녀석은 조심해야 할 거야. 꽤 거친 놈이거든.”

케빈 더 브라위너가 상대팀 왼쪽 풀백을 가리키며 말했다.

시건방진 표정을 지어 보이고 있는 건 맨체스터 시티의 주전 오른쪽 풀백인 카일 워커(Kyle Walker)였다.

그는 웬 동양인 게스트가 선수로 뛴다는 말에 불만 어린 표정을 짓고 있었다. 그가 몇 차례 크로스를 띄워올리는 모습을 보긴 했지만 그건 웬만한 선수들은 다 할 수 있다고 생각해서였다.

“게스트한테 선수처럼 뛰라고 하다니. 진짜 이상한 거 아니야?”

게다가 카일 워커는 토트넘 홋스퍼에서 뛰다가 이번 시즌 여름 이적시장에서 맨체스터 시티로 합류한 선수였다. 펩 과르디올라에 대한 명성은 익히 들었지만 아직 그와 손발을 맞춰본 건 7개월 남짓이었다.

또, 카일 워커는 한수가 크로스를 몇 차례 올리는 건 봤지만 그의 발재간은 못 본 상태였다.

왜 펩 과르디올라가 그를 위해 자리를 마련해 준 건지 납득이 안 갈 정도였다.

‘그냥 좋은 경험 했다 생각하게 만들어주지.’

그는 코웃음을 치며 스트레칭을 했다.

어차피 연습경기였다.

그래도 프로와 아마추어 간의 격차는 보여줄 생각이었다.

한수는 경기장에 선 채 주변을 둘러봤다.

연습경기장인데도 불구하고 경기장 전체가 천연잔디로 되어 있었다. 오랜 시간 뛰어도 전혀 피로하지 않을 것 같은 느낌이었다.

한수는 천천히 호흡을 가다듬었다.

오늘 그가 해야 할 일은 두 가지였다.

첫째, 팀의 원톱인 세르히오 쿤 아게로에게 질적인 패스를 연결할 것.

둘째, 팀 전체와 유기적인 조화를 이루면서 계속 전후방에 원활한 패스를 공급할 것.

결국, 펩 과르디올라가 한수에게 요구한 건 패스 마스터 (Pass Master)의 역할이었다. 그 뿐만 아니라 데이비드 베컴 같은 전통적인 윙어(Classic Winger) 역할도 원하고 있었다.

두 가지 역할을 동시에 수행해 주길 원하고 있는 것이었다.

한수는 호흡을 골랐다.

패스는 자신 있었다. 크로스도 문제없었다.

하지만 걱정거리도 있었다. 일단 체력이 가장 큰 문제였다.

삼십 분 뛰는 것이긴 하지만 체력이 버텨줄 수 있을지 그 여부가 걱정이었다.

또 하나는 몸싸움이었다.

한수는 키도 크고 나름 건장한 체격이지만 오랜 시간 피트니스를 통해 꾸준히 체격을 키워오고 오랜 시간 몸싸움을 해온 프리미어리그 전문 풀백에게는 상대가 될 리 없었다.

그래도 지금은 일단 뛰어보고 생각할 노릇이었다.

이기지 못한다고 해도 문제는 없었다.

자신은 아마추어고 상대는 프로 선수이기 때문이다.

밑져야 본전이라는 의미였다. 그러는 사이 휘슬이 울렸다.

동시에 경기가 시작됐다. 한수는 휘슬 소리에 순간 머리가 굳었다.

정신이 홀딱 빠져나가는 것 같았다. 지금 자신이 이 자리에 서 있다는 게 믿어지지 않았다.

카일 워커를 상대로 지금 경기를 뛰어야 한다고 생각하자 긴장이 되었다. 하지만 이미 경기는 시작된 상태였다.

맨체스터 시티의 중앙 수비수이자 주장 빈센트 콤파니가 앞으로 뛰쳐나가다가 그런 한수를 보며 웃음을 터뜨렸다.

"한스! 그렇게 얼어 있어야 되겠어? 니 포지션은 케빈 옆이라고!"

한수는 자신만만하게 생각했던 걸 후회했다. 연습경기에

불과하지만 실제 경기는 차원이 달랐다.

이들이 뿜어내는 기세 같은 게 주변을 억누르고 있었다.

그제야 한수는 깨달을 수 있었다. 자신이 프리미어리그 최고의 팀 중 한 곳인 맨체스터 시티의 주전 선수들과 지금 함께 뛰고 있다는 것을.

그것도 잠시 한수가 발 빠르게 움직였다. 이렇게 멈춰서 있을 수는 없었다.

자신에게는 남들에게 없는 특별한 능력이 있었다. 그 능력으로 고작 이 정도밖에 못 한다는 건 직무유기였다.

한수가 보다 빠르게 치고 나오기 시작하자 콤파니가 눈에 이채를 띄었다.

'과연 얼마나 잘해줄까?'

펩 과르디올라의 안목은 진짜다. 게다가 그는 확실한 천재다.

누구는 그를 팀빨이라고, 선수빨이라고 이야기하지만 빈센트 콤파니는 펩 과르디올라가 정말 엄청난 사람이라는 걸 알고 있다.

그 정도 재능을 갖고 있는데 거기에 그는 노력까지 한다.

완벽주의자.

펩 과르디올라의 별명이다. 그런 펩 과르디올라가 눈여겨본 사람이다. 그가 어떤 모습을 보여줄지 기대가 됐다.

그때 앞선 채 공을 돌리고 있던 도중 케빈이 뛰어오고 있는 한수의 위치를 확인했다. 그리고 그는 곧장 공을 한수에게로 연결했다.

한수의 시야, 그리고 패스 혹은 크로스를 확인하고 싶었다.

한수가 케빈이 건넨 공을 받았다. 느낌이 묘했다.

맨체스터 시티의 주전 선수가 뿌린 패스를 자신이 건네받은 것이었다. 느낌이 짜릿했다.

그것도 잠시 한수는 공을 툭툭 치며 경기장에 적응하기 시작했다. 그러면서 주변을 확인했다.

아게로는 상대편 페널티 박스 안쪽에서 먹잇감을 노리는 맹수마냥 주변을 어슬렁거리고 있었다.

그때였다.

"어이! 게스트! 잘 놀아보자고."

카일이 한수에게 부쩍 달라붙었다.

무슨 묵직한 돌덩어리가 어깨에 툭 하니 붙는 듯한 느낌이었다.

한수가 얼굴을 찡그렸다.

프리미어리그 선수들은 이 정도 몸싸움을 견뎌내면서 경기를 하고 있는 것이었다.

카일 워커가, 돌덩어리보다 더 단단했다. 한수는 하는 수 없이 뒤로 공을 돌렸다.

콤파니가 공을 받으며 주변을 훑었다. 방금 전 한수의 플레이는 영리한 것이었다.

대부분의 유망주들은 저기서 무리하게 플레이를 한다.

무언가를 보여줘야 한다는 고질병 때문이다.

펩 과르디올라가 자신을 기용한 만큼 그 기대에 맞게 무엇을 보여주고 싶다고 생각해서다.

그래서일까?

알아서 좋지 않은 경기력을 보여주다가 멘탈이 터지고 벤치로 물러나는 경우가 많은데 한수는 정반대의 플레이를 보여줬다.

오히려 패스를 뒤로 돌리는 모습을 보이고 있었다.

이건 경험 많은 노장만이 보여줄 수 있는 플레이였다.

'흐음, 나쁘지 않아. 아마추어가 카일의 수비를 뚫어내는 건 어려운 일이지. 속도가 붙은 것도 아니었는데 드리블을 엄청나게 잘하면 모를까. 탈압박은 잘 못하려 나?'

콤파니가 속으로 중얼거리며 공을 툭툭 연결했다.

그는 슬쩍 펩 과르디올라의 표정을 살폈다.

펩 과르디올라는 무슨 생각을 하는지 알 수 없었다.

무표정한 얼굴을 한 채 경기를 지켜보고 있었다.

그러는 동안 경기는 팽팽하게 흘러가는 중이었다.

어느덧 5분 정도 지나가고 있을 무렵 한수는 몸 상태를 확인했다.

긴장되어서 뻑뻑했던 몸이 풀렸고 그 덕분에 마음의 여유를 찾았다.

그는 표정을 풀었다. 이 정도면 한 이십 분 정도는 무리해서 뛸 수 있을 것 같았다.

그때 한수의 표정을 유심히 살피고 있던 펩 과르디올라가 목소리를 높였다.

"케빈! 패스해!"

케빈이 곧장 공을 돌리기 시작했다. 그리고 다시 한번 한수에게 공이 돌아갔다.

경기장이 순간 조용해졌다.

다들 한수를 살폈다.

그가 어떤 플레이를 보여줄지 다들 기대에 찬 눈빛을 하고 있었다.

그 순간 한수가 발걸음을 빨리 했다.

빠른 속도로 뛰어올라가던 한수가 하프 라인을 넘어섰다.

카일 워커가 기겁하며 한수를 막아섰다.

"어디를 가시나!"

그가 몸을 부딪치며 한수를 압박하려 했다.

카일 워커는 토트넘 홋스퍼 그리고 맨체스터 시티의 주전 풀백이었다.

그에게 한수는 경험 적고 어리숙한 아마추어에 불과했다.

프로인 자신이 이런 선수를 상대로 밀린다는 건 말이 안 되는 이야기였다.

'그러면 부끄러워서라도 얼굴 못 들고 다니지.'

2군도 아닌 1군, 그것도 팀의 핵심 멤버가 바로 자신이다.

카일 워커의 이적료는 수비수로서는 역대 최고의 이적료인 5천만 파운드(750억 원)였다.

그 정도 몸값을 해주고 있는 선수가 아마추어에게 진다는 게 말이 안 되는 이야기다.

그렇게 카일 워커가 강하게 압박하며 몸을 부딪치려 할 때였다.

하프 라인을 넘어섰던 한수가 멈춰 섰다.

"어?"

카일 워커가 당혹스러운 얼굴로 한수를 쳐다봤다.

요즘 대부분의 윙어는 측면으로 치고 나가다가 중앙으로 파고드는 플레이를 많이 한다.

클래식 윙어가 줄어들고 윙포워드 역할을 하는 선수가 늘어나서다.

그 때문에 윙포워드의 득점력이 크게 늘어나기도 했다.

그런 역할을 가장 제대로 수행한 건 맨체스터 유나이티드에서 뛰었던 크리스티아누 호날두였다.

하지만 지금 한수가 보여주는 건 정반대였다. 제자리에 멈췄선 뒤 한수는 왼발로 공을 띄워 올렸다.

아름다운 포물선을 그리며 한수가 차낸 공이 골문 근처에서 대기하고 있던 세르히오 쿤 아게로에게 정확하게 배달이 됐다.

데이비드 베컴이 국가대표나 클럽 경기에서 보여주곤 했던 바로 그 택배 크로스였다.

공이 도착한 순간 아게로가 그대로 가슴으로 트래핑을 하며 발리슛을 때렸다.

맨체스터 시티의 골키퍼 중 한 명인 클라우디오 브라보가 손끝으로 공을 쳐냈다.

아쉽게도 아게로가 때린 슈팅은 골망을 가르지 못했지만 방금 전 한수가 보여준 크로스는 엄청나게 위협적이었다.

카일 워커가 혀를 내둘렀다.

몸싸움으로는 한수를 억누를 자신이 충분했지만 이렇게 멈춰선 채 공을 뿌린다면 그로서는 보다 더 가까이 붙어 움직여야 한다는 이야기였다.

그리고 또 한 번 한수에게 공이 연결됐다. 케빈은 철저하게 한수에게만 공을 건네고 있었다. 사전에 펩 과르디올라하고 이야기가 된 내용인 듯했다.

그 순간 카일 워커가 보다 더 가깝게 달려들었다.

그가 또다시 크로스 올리는 걸 막기 위해서였다.

"어? 뭐야?"

하지만 한수기 또다시 돌변했다.

방금 전까지만 해도 클래식 윙어인 데이비드 베컴의 모습을 그대로 연출했던 한수가 이번에는 발재간을 부리며 카일 워커를 뚫어내려 했다.

다들 그 장면에 집중했다.

카일 워커는 프리미어리그 최정상급 풀백이다.

반면에 한수는 일반인이다. 프로 축구 선수이기는커녕 아마추어도 안 된다.

그렇지만 이변이 일어났다.

카일 워커를 한수가 뚫어냈다.

왼발과 오른발을 절묘하게 사용하며 라 크로케타로 단숨에 카일 워커를 제쳐낸 것이었다. 그리고 빠른 속도로 측면을 뚫고 올라가기 시작했다.

두 가지 상반된 윙어의 모습을 완벽하게 재현하고 있는 한수를 보며 펩 과르디올라는 침을 삼켰다.

그때 그의 머릿속을 지배한 생각은 단 하나였다.

무슨 수를 쓰더라도 그를 영입해 올 것.

체력이나 몸싸움 문제는 그 뒤에 해결해도 늦지 않았다.

그리고 며칠 뒤, 맨체스터 시티 팬포럼에 묘한 소문이 돌기 시작했다.

펩 과르디올라가 한국인을 맨체스터 시티 선수로 영입하기
위해 공을 들이고 있다는 소문이었다.

CHAPTER
6

펩 과르디올라는 한수를 바라봤다.

처음에는 적응하기 어려워하더니 긴장이 풀리자 본격적으로 필드를 지배하는 모습을 보이기 시작했다.

카일 워커를 상대로 측면 돌파를 어려워하는 모습을 몇 차례 보이긴 했다.

하지만 그건 프리미어리그에서 뛰는 대부분의 윙어들이라면 보일 수 있는 모습이기도 했다.

카일 워커는 수비수 중에서 가장 비싼 이적료를 받고 맨체스터 시티로 이적해 온 선수였다.

그 정도 선수를 뚫어내는 건 프리미어리그 최상위권 레벨에 속해 있는 윙어여도 어려운 일이었다.

하지만 한수는 카일 워커를 상대로 현란한 개인기를 보여주며 돌파하는 모습도 보여주곤 했다.

그의 재능은 특별했다.

스물네 살.

보통 대부분의 선수들이 십 대, 혹은 그보다 더 어린 시기부터 아카데미 생활을 하며 축구선수로서의 꿈을 키워나가는 걸 가정해 보면 한수의 재능은 남달랐다.

특히 펩 과르디올라가 눈여겨본 건 한수의 넓은 시야와 노련미 넘치는 플레이였다.

정말 축구 선수 생활을 단 한 번도 해보지 않은 게 맞는지 의문이 들 정도였다.

어느덧 펩 과르디올라 주변에는 수석 코치를 비롯한 코치들이 잔뜩 모여 있었다.

그들은 신입생 한수를 보며 연신 감탄을 흘렸다.

"진짜 대단한데요? 어디서 저런 선수를 찾아온 겁니까?"

"몸싸움에서 밀리는 모습이 있긴 하지만 패스 센스나 시야, 볼 컨트롤, 이런 건 웬만한 특급 미드필더 저리 가라 할 정도군요."

"즉시전력감으로도 쓸 수 있지 않을까요? 무조건 영입해야 할 거 같습니다."

"바로 스카우팅 리포트를 작성해 보겠습니다."

"오스틴 팀장, 한스에 대해서는 알아보셨습니까?"

"예. 방금 진 노엘 갤러서 씨하고 이야기를 해봤는데 국적은 한국이라고 합니다. 그리고 매니지먼트 연락처를 알려줘서 한번 연락을 취했는데…… 프로 축구 선수로 뛴 경력은 전혀 없다고 합니다."

"진짜 프로 축구 선수로 뛰어본 적이 없다고? 하하."

펩 과르디올라는 그 말에 황당한 얼굴로 웃음을 터뜨렸다.

믿어지지 않는 이야기였다.

"그럼 프리로 영입이 가능한 겁니까?"

벌써부터 영입을 생각 중인 펩 과르디올라 질문에 스카우트 팀장이 입을 열었다.

"글쎄요. 한국에서 그는 연예인으로 활동 중이라고 합니다. 이미 전속 계약을 맺고 있고요. 아마 저희가 영입하려면 그쪽 매니지먼트하고 협의를 해야 할 겁니다."

"좋습니다. 그쪽에 그럼 이적료로 일단 천만 파운드를 제시하세요."

"……예? 처, 천만 파운드요?"

펩 과르디올라가 고개를 끄덕였다.

그는 패스 마스터 사비 에르난데스(Xavi Hernandez)와 마술사 데이비드 베컴(David Beckham) 여기에 맨체스터 유나이티드에서 7번을 달고 뛰었던 크리스티아누 호날두(Cristiano Ronaldo)의 모습을 동시에 보여주고 있었다.

클래식 윙어, 윙포워드 그리고 중앙 미드필더까지.

세 가지 포지션을 모두 소화하고 있었다.

게다가 키가 큰 것을 보면 근육만 붙일 경우 원톱 스트라이커로도 써먹을 수 있을 것 같았다.

즉 공격수와 미드필더 전역에서 사용이 가능하다는 의미였다.

이 정도면 천만 파운드, 아니 그 이상을 들여서라도 영입을 해야 하는 선수임이 분명했다.

"알겠습니다. 바로 제의를 넣어보겠습니다."

"좋습니다."

그때였다.

한수가 카일 워커를 제치고 그대로 측면을 뚫었다.

순간적인 속도에 카일 워커도 미처 따라붙질 못했다.

계속해서 클래식 윙어의 모습만 보여주다가 갑자기 윙포워드 모습을 보여줬기 때문이다.

그리고 측면을 뚫고 올라가던 한수는 그대로 중앙으로 패스를 찔러넣었다.

수비수들을 가르면서 정확히 아게로의 발끝에 걸리는 엄청난 패스였다.

아게로는 가볍게 반대 방향으로 공을 툭 찼다.

그 역동작에 클라우디오 브라보도 제대로 반응하지 못했다.

한수 팀원들 사이에서 박수갈채가 터져 나왔다.

정말 환상적인 키패스였다.

아게로가 한수에게 달려왔다.

"그라시아스(Gracias:고마워)!"

스페인어로 말을 건네는 아게로를 보며 한수도 웃으며 대답했다.

"데 나다(De nanda:아무것도 아니야)."

"응? 뭐야? 스페인어 할 줄 알아?"

"약간?"

"어쨌든 아까 키패스 죽여줬어. 크, 나 순간 다비드가 찔러넣은 패스인 줄 알았다니까? 그러다가 다비드가 상대팀인 거 알고 누가 이런 패스를 넣어준 건지 의아했을 정도였어. 하하."

아게로의 말은 조금 과장되어 있긴 했다.

그러나 그만큼 한수의 패스가 다비드 실바가 찔러넣어 준 패스만큼 훌륭하다는 의미였다.

한수가 멋쩍게 웃어 보였다. 그리고 경기가 재개됐다.

이십 분, 이십오 분.

시간이 지나면 지날수록 조금씩 한수가 지쳐갔다. 계속해서 부지런히 뛴 것도 있지만 카일 워커를 비롯한 상대편 수비수가 지속적으로 한수를 강하게 압박했기 때문이다.

멀리 떨어져서 지역 수비를 하든, 가까이 붙어서 개인 마크 수비를 하든 한수는 역으로 대처가 가능했다.

지역 수비를 할 경우 순간적으로 속도를 붙여서 빠르게 치고 나가거나 혹은 멀리서부터 크로스를 올렸고 가까이 붙어 있으면 현란한 볼 트래핑을 이용해서 개인기로 수비수를 뚫곤 했다.

그렇다 보니 그들은 한 명이 아닌 두 명이 붙어서 한수를 집중적으로 견제하고 있었다.

그럴수록 점점 더 체력이 떨어졌고 급격히 피로감을 느낄 수밖에 없었다.

삼십 분이 지났고 경기가 끝났다. 한수는 아게로에게 찔러준 키패스로 어시스트 한 개를 기록했다.

결과는 4:1.

한수가 속해 있는 팀의 승리였다. 경기가 종료된 뒤 한수는 땀을 소매로 훔쳤다.

생각보다 엄청 많이 피곤했다. 다리도 후들거렸다. 그런데도 계속 눈이 갔던 건 케빈 더 브라이너였다.

그는 왜 자신이 맨체스터 시티의 에이스라고 불리는지 제대로 입증하려는 듯 한수가 지쳐서 제대로 뛰지 못할 때도 쉴 새 없이 날아다니곤 했다.

경기가 끝난 뒤 케빈이 한수에게 다가왔다.

"어이, 괜찮아? 꽤 지쳐 보이던데?"

"말했잖아. 프로는커녕 아예 축구 선수로 뛰어본 경험이 전혀 없다니까?"

"그 말이 전혀 믿어지지 않는다고."

"믿기 싫으면 믿지 말던가. 됐어. 나 좀 쉬자."

한수는 투덜거리며 이온 음료를 들이켰다.

조금이라도 쉬어둬야 했다. 몸이 물에 젖은 스펀지처럼 무거웠다.

노엘 갤러거 역시 이번 경기를 관전하고 있었다.

축구를 잘하는 건 아니지만 어렸을 때부터 축구를 꾸준히 즐겨 본 그였기에 한수의 실력이 어느 정도인지는 추론이 가능했다.

그리고 노엘 갤러거가 본 한수의 실력은 진짜배기였다.

물론 20분 정도 뛰고 지쳐서 뛰지도 못하는 건 아쉬운 일이었지만 전문가가 아닌 자신이 보기에도 그의 재능 하나는 특별했다.

그것도 잠시 노엘 갤러거가 눈매를 좁혔다.

'저러다가 축구 선수가 되어버리면…… 내 앨범은 어떻게

하지?'

노엘 갤러거가 얼굴을 구겼다.

노엘은 맨체스터 시티의 광팬이었다.

그리고 노엘이 한수를 여기로 데려온 건 맨체스터 시티의 서포터로 만들고자 함이었다.

그런데 졸지에 상황이 꼬여 버렸다.

서포터로 만든 다음 다시 앨범 준비에 박차를 기울여야 했다.

그가 원하던 목소리를 한수는 갖고 있었다.

그걸 바탕으로 오아시스 해체 이후 발매하지 못했던, 노래들을 한데 끌어모아 발매하려 했는데 계획에 차질이 빚어졌다.

'이럴 줄 알았으면⋯⋯ 데려오질 말았어야 했나?'

노엘 갤러거가 얼굴을 찌푸린 채 한수를 바라봤다.

어떻게 해야 하나 고민하던 그는 일단 한수에게 걸어갔다.

"어때? 즐거웠어?"

"나쁘지 않네요. 이렇게 땀 흘려본 건 오랜만이에요. 휴, 재미있었어요. 이렇게 사인도 많이 받았고요."

한수가 웃음을 흘렸다.

경기가 끝난 뒤 그는 선수들로부터 유니폼과 사인을 선물받을 수 있었다.

사실 그것보다 더 좋은 건 그들과 함께 삼십 분이긴 해도 같이 경기를 뛰었다는 것이었다.

축구에 푹 빠진 얼굴을 하고 있는 노엘 갤러거가 퉁명스러운 목소리로 입을 열었다.

"여기 온 이유를 잊은 건 아니겠지? 앨범부터 녹음해야 하는 거 잊지 마."

"물론이죠. 그래도 다른 두 분 준비가 끝나야 가능한 거 아니에요?"

"아, 그 얼간이들? 걱정하지 마. 내일쯤이면 녹음해도 될 거야. 내가 가려 뽑은 애들이라고. 너도 녹음 끝난 다음 바로 한국에 돌아가야 한다며?"

"예. 그렇죠. 또 녹화해야 해서요. 이번에도 겨우 시간 빼서 온 거라고요."

"흠, 좋아. 그럼 슬슬 돌아갈까?"

노엘 갤러거는 조금 서두르고 있었다.

괜히 어정쩡하다가 펩 과르디올라가 또 달려올까 봐 두려웠기 때문이다.

저 악착같은 문어가 오기 전에 빨리 도망쳐야 했다.

하지만 노엘 갤러거가 채 한수를 끌고 트레이닝 센터를 빠져나가기도 전에 펩 과르디올라가 그들에게 다가왔다.

노엘 갤러거가 펩 과르디올라를 바라봤다.

맨체스터 시티의 광팬인 그에게 맨체스터 시티의 전력이

올라간다면 그것만큼 좋은 일은 없다.

하지만 지금 당장은 새로 발매할 앨범이 무엇보다 중요했다.

머릿속이 복잡했다.

음악이냐 축구냐.

예전이었으면 주저 없이 축구를 선택했을 것이다. 그 정도로 노엘 갤러거는 축구에 미쳐 있었으니까.

하지만 지금은 앨범이 더 중요했다. 그동안 머릿속을 복잡하게 흩트려놓던 음악들을 전부 다 해치울 수 있었으니까.

그때 펩 과르디올라가 한수를 보며 입을 뗐다.

"조금 전 그쪽 매니지먼트하고 통화를 했습니다."

"예? 무슨 일로 통화를……."

"그쪽에 이적료로 천만 파운드를 제시했습니다. 전속계약이 되어 있어서 그 위자료가 필요하다더군요."

한수가 그 말에 눈을 휘둥그레 떴다.

천만 파운드. 한화로 치면 170억 원이다.

자신을 영입하기 위해 170억 원을 쓰겠다고?

지금 그가 한 말이 진담인지 농담인지 알 수 없었다. 하지만 펩 과르디올라의 표정은 진지하기만 했다.

한수가 당혹스러운 얼굴로 입을 열었다.

"음, 감독님은 저를 맨체스터 시티의 선수로 데려오고 싶으신 건가요?"

펩 과르디올라가 고개를 끄덕였다.

"저는 머릿속에 하나의 그림을 그리고 있습니다. 요한한테 배웠고 제가 성립시켜온 저만의 축구입니다. 그러나 이 전술을 위해서는 그에 맞는 특별한 선수들이 필요합니다. 그리고 저는 당신이 제 전술을 완벽하게 수행해 줄 수 있는 선수라고 확신하고 있습니다."

펩 과르디올라의 말에는 진정성이 가득 담겨 있었다.

한수가 그를 바라봤다.

그렇지만 한수는 축구 선수가 되고자 하는 생각이 없었다.

주급도 많이 받고 명성도 높아지고 이래저래 겉으로 보여지는 축구 선수로서의 삶은 화려하다.

괜히 한국에서 다태호(다시 태어나도 호날두)라는 말이 있는 게 아니다.

그러나 그 이면에는 엄청난 노력이 숨겨져 있다.

매일 같이 일어나서 훈련을 해야 하고 육체를 단련해야 한다.

부상을 당하면 엄청난 아픔을 겪어야 하고 부진하면 팬들의 비난을 듣게 된다.

과연 자신이 그것을 감당할 수 있을까?

채널 마스터는 자신에게 알맞은 직업을 찾아주는 시스템이다.

실제로 한때 그는 요리사가 될 뻔했다.

두 번째로 확보한「퀴진 TV」덕분이었다.

그때 할아버지는 요리사가 되고 싶냐고 물어봤고 한수는 완곡하게 거절했다.

이번에는 펩 과르디올라가 물어보고 있었다.

축구선수가 될 생각이 없냐고. 그러나 그때하고는 느낌이 조금 달랐다.

펩 과르디올라가 자신을 바라보는 눈빛 때문이었다.

부담스럽다고 생각될 정도로 펩 과르디올라의 눈빛은 어떻게 보면 애절하기까지 했다.

한수는 한숨을 내쉬었다. 조금 더 생각할 시간이 필요했다. 결국, 한수가 펩 과르디올라를 보며 입을 뗐다.

"생각해 볼 시간이 필요합니다."

맨체스터 시티가 한국인을 영입하려고 한다는 소문이 돌기 시작한 건 그 날 이후였다.

맨체스터 시티 내부 소식에 정통한 몇몇 기자들이 소문을 퍼뜨렸다.

「한국 국적의 동양인 청년이 트레이닝 센터에 있는 연습경기장에서 엄청난 퍼포먼스를 선보였고 펩 과르디올라의 눈길을 사로잡았다.」

영국 신문사인 텔레그래프(Telegraph)에 뜬 기사 제목이었다. 여름 이적 시장도, 겨울 이적 시장도 아닌 기간에 뜬금없이 터진 소식에 국내 팬덤이 달아올랐다.

과거에만 해도 국내에는 맨체스터 유나이티드 팬들이 엄청 많았다. 박유성이 아인트호벤을 떠나 맨체스터 유나이티드에 이적한 것 때문이었다.

그 후 프리미어리그에 대한 관심은 꾸준히 높아졌고 팬들도 점점 늘어났다. 그러다가 아랍에미리트 아부다비의 왕자 만수르가 맨체스터 시티를 인수했고 엄청난 돈을 쏟아붓기 시작했다.

그러면서 맨체스터 시티를 응원하는 팬들 수도 급격히 늘어났다.

그들에게 맨체스터 시티가 한국인 선수를 영입하려 한다는 건 뜻밖의 소식이었다.

맨체스터 유나이티드가 압도적인 국내 팬들을 보유하고 있는 클럽으로 성장할 수 있었던 것은 박유성 덕분이었다. 한국인 선수가 뛰었다는 그 배경이 있기에 가능했다.

물론 아스널도 한국인 선수가 뛰었는데 왜 그 정도로 팬덤이 늘어나지 않았냐고 물어볼 수 있겠지만 그 선수는 벤치 워머였기 때문에 어쩔 수 없는 일이었다.

-텔레그래프에 기사 떴는데 본 사람?
　└무슨 기사인데?
　└한국인 선수 영입하려고 한다는데?
　└출처 표기하라고. 출처 없으면 어그로 ㅇㅈ?
-왜 못 믿냐. [Link] 여기 가서 봐 보셈.

그리고 링크를 확인한 순간 맨체스터 시티 팬카페가 야단법석이 되었다.

-야. 오늘 4월 1일이냐? 이게 뭔 뜬금없는 소리냐?
-누구 영입한다는 건데? 쏜?
-토트넘이 팔겠냐? 여름 이적 시장이나 겨울 이적 시장도 아니고.
　└그러게. 이적 시장도 안 열렸잖아. 그렇다는 건 자유계약인 건가?
　└자유계약 말고는 없지. 근데 시장에 자유계약으로 데려올 만한 선수가 있었어?
-잠깐만. 새 기사 떴다.
　└해석 좀. 굽신굽신.
　└님 복 받을 거임. ㄱㅅㄱㅅ

동시에 맨체스터 시티 팬카페의 스태프가 텔레그래프에 올라온 최신 기사를 해석해서 올렸다.

「맨체스터 시티, 한국 선수에 대한 이적료로 천만 파운드 제시.」
내부 소식통에 의하면 펩 과르디올라 감독은 이 선수가 갖고 있는 잠재력에 엄청난 매력을 느꼈다고 한다. 이 선수는 특히 패스와 크로스가 엄청나며 함께 연습경기를 뛰어본 스페인 국가대표 출신의 선수 말로는 지속적인 훈련을 필요로 하지만 패스 센스와 넓은 시야는 패스 마스터 사비를 생각나게 할 정도라고 덧붙였다고 한다.

텔레그래프에 새로 뜬 기사를 보고 맨체스터 시티 팬덤이 난리가 났다.

−뭐야? 이상한데? 자유계약 아니었어? 웬 이적료?
−[Link] 여기 보니까 영상 떴더라. 누가 몰래 찍었나 본데?
ㄴ이거 드론 촬영 아닌가? 근데 불법 아님?
−진짜 드론 미쳤다. ㅋㅋㅋ 근데 연습경기인가 보네? 1군하고 2군 서로 섞여 있음.
ㄴ와, 얼굴을 알아볼 수 있냐? 난 눈코입 구별도 어려운데. 몽골인이냐?

−대충 파악은 되지. 근데 저기 등 번호 없는 애는 누군지 모르겠네. 쟤가 텔레그래프가 썰 푼 그 한국인 같은데?

−흠, 용케도 찍었네. 일단 유튜브 좀 보고 옴.

└나도 보고 있는 중. 워커가 잘 막는데?

−미쳤다. 나 대충 넘기다가 21분쯤 봤는데 순간 소름 돋는 줄 알았다. 완전 택배 크로스더라. 21:11 넘겨서 봐라.

└누구지?

└나도 누군지 궁금함. 우리나라에 저 정도 선수가 있었음? 크로스나 패스나 완전 미쳤는데?

−누군지 좀 알려줄 사람 없냐? 근데 이적 시장 아닌데도 데려올 수 있음?

└데려올 수는 있지. 대신 엔트리에는 못 올리지. 결국, 18−19시즌에나 쓸 수 있다는 건데 도대체 어떤 선수기에 이적료로 천만 파운드나 지르려고 하는 건지 모르겠다. 그 정도 유망주인 거겠지만.

−펩 과르디올라가 엄청나게 원한다던데? 실제로 사장단 회의 이미 들어갔다고 함.

└어디서 봄?

└트위터에 실시간으로 올라오고 있던데? 펩 과르디올라는 그를 영입한 뒤 새 시즌이 개막하기 전까지 꾸준히 체력 훈련을 시킬 예정이고 그는 새 시즌에 합류하게 될 것이다. 포

지션은 공격수와 미드필더, 모든 포지션을 커버 가능하다. 라고 되어 있네.

ㄴㄴ누군지는 안 뜸? 아니, 우리나라 선수인데 정작 누군지 모른다는 게 말이 되냐? 이 정도면 대충 기자들이라도 소스 물어왔을 텐데…….

맨체스터 시티 팬들이 야단법석인 것처럼 한국 기자들도 적잖게 당황하고 있었다. 그들로서도 정말 생소한 소식이었기 때문이다.

맨체스터 시티 내부 소식에 정통한 몇몇 기자들이 정보를 파악하고자 애썼지만 제대로 된 정보를 파악하기 어려웠다.

그들이 알아낸 건 그가 어느 프로팀에도 소속되어 있지 않은 순수한 아마추어라는 것과 나이가 스물네 살이기 때문에 유망주는 아니라는 것이었다.

결국, 소문만 무성한 채 점점 더 이야기는 부풀려지고 있었다.

유튜브 동영상은 얼마 지나지 않아 저작권 침해로 내려갔지만 이미 꽤 많은 축구 관계자들이 그 동영상을 본 뒤였다.

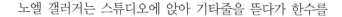

노엘 갤러거는 스튜디오에 앉아 기타줄을 뜯다가 한수를

쳐다봤다.

한수는 몇 차례 목을 풀더니 스마트폰을 내려다보고 있었다. 슬쩍 무엇을 하고 있나 봤더니 녀석은 해외 축구 영상을 보고 있었다. 프리미어리그나 프리메라리가에서 뛴 선수들의 하이라이트 영상 묶음이었다.

노엘 갤러거가 슬쩍 한수를 보며 물었다.

"축구 선수가 되려고?"

"글쎄요. 고민 중이긴 해요."

원래는 단칼에 거절할 생각이었다. 하지만 펩 과르디올라가 내건 조건이 너무 좋았다.

무엇보다 그는 자신을 엄청 원하고 있었다. 그것 때문에 마음이 흔들리는 것도 있었다.

"나는 네가 맨체스터 시티의 선수가 된다면 반대하고 싶은 생각은 전혀 없다. 네가 합류해서 맨체스터 시티가 챔피언스리그에서 우승할 수 있다면 그럴 만한 가치는 충분히 있다고 생각하거든."

노엘 갤러거는 확실한 맨체스터 시티 팬이었다.

그는 누구보다 축구를 사랑하고 있는 게 분명했다.

"그러나 만약에 네가 그 거지 같은 동네로 이적해 버린다면 그때는 네 자그마한 머리통이 남아나지 않을 거야."

으르렁거리듯 소리치는 노엘 갤러거를 보며 한수는 순간

살기를 느껴야 했다.

지금 그가 말하는 축구 팀이 어딘지는 뻔했다.

맨체스터 시티의 지역 라이벌 맨체스터 유나이티드를 이야기하고 있는 게 분명했다.

한수가 화제를 돌렸다.

"슬슬 녹음해야죠. 앨범 발매도 얼마 안 남았다면서요."

"그래야지."

노엘 갤러거가 고개를 끄덕였다.

노엘이 밴드를 꾸려서 새로 앨범을 발매한다는 말이 나오면서 영국은 한 차례 시끌벅적해진 상태였다.

오아시스가 재결성하는 게 아니냐는 이야기도 있었다.

하지만 노엘 갤러거는 오아시스를 재결성하려는 게 아니었다.

애초에 오아시스는 2008년 8월 23일 사라진 그룹이었다.

그리고 앤디 벨, 리암 갤러거, 젬 아처가 다시 뭉쳐야만 진정한 오아시스라고 할 수 있었다.

그게 아니면 이름만 오아시스인 밴드가 될 뿐이었다.

이번에 뭉친 밴드 역시 노엘의 밴드, 그 이상도 이하도 아니었다.

그가 한수를 원한 이유는 하나였다.

자신이 만들려 하는 앨범에 그의 목소리가 가장 어울린다는 것 때문이었다.

"그럼 녹음 시작하자고."

"좋아요!"

"바로 가죠!"

베이시스트 찰리와 제2기타리스트 앤디도 환영하고 나섰다.

계속된 트레이닝에 두 명 모두 잔뜩 지친 상태였다.

빨리 해방되고 싶었다.

그리고 노엘 갤러거가 오아시스를 위해 작곡했지만 해체로 인해 발표하지 못하고 묵혀뒀던 노래가 빛을 볼 준비를 하기 시작했다.

노엘이 작곡, 작사하고 한수가 불렀으며 앤디와 찰리가 세션으로 합류한 앨범이 발매된 건 그로부터 열흘이 지난 뒤였다.

그보다 앞서 귀국했던 한수는 앨범이 발매되고 며칠이 흐른 뒤에야 앨범을 받아볼 수 있었다.

자신의 두 번째 앨범이었다.

귀국해야 했기 때문에 한수는 앨범이 발매되고 그 앨범들이 런던의 각종 레코드 스토어(Record Store)에 깔리는 모습을 볼 수는 없었다.

그래도 앨범이 발매된 뒤 그다음 주 월요일에 영국 싱글 차트(UK Singles Chart) 1위에 들었고 미국 빌보드 차트 200에도 3위로 선진입했음을 알게 되었다.

그러나 아직 한국에 이 소식은 퍼지지 않은 상태였다.

한수가 노엘 갤러거와 음반 작업을 했다는 사실을 밝히지 않았기 때문이다.

애초에 이번 앨범은 한수의 앨범이 아니라 노엘 갤러거의 앨범이었기 때문이다.

그래도 덕분에 브릿팝(Britpop)이 다시 한번 흥행하는 기이한 현상이 두드러지게 나타났고 덩달아 이미 해체한 오아시스의 앨범 판매량이 상승하는 현상까지 생겨났다.

하지만 한수는 그것에 대해 생각할 겨를이 없었다.

하루에 한 번씩 걸려오는 펩 과르디올라의 전화 때문이었다.

그는 한수에게 주급으로 5만 파운드를 제시했는데 이는 한화로 8,500만 원이라는 엄청난 거금이었다.

게다가 구름나무 엔터테인먼트도 천만 파운드라는 이적료에 적잖이 당황하고 있었다.

만약 한수가 축구 선수가 될 생각이 있다고 했으면 그들은 바로 한수를 맨체스터 시티로 보냈을지도 몰랐다.

다만 한수가 아직 명확한 의사 표현을 하지 않다 보니 그들로서도 주춤거릴 수밖에 없었다.

결국, 결정권자는 한수였기 때문이다.

그렇게 고민 중이면서도 한수는 계속 이어지는 스케줄을 소화해야 했다.

음악 방송은 지연 혼자 소화하기로 했기 때문에 주말에는 비교적 여유가 있었지만 월요일에는 「쉐프의 비법」 녹화가 예정되어 있었다.

녹화장에 도착하고 대기실에서 머무르고 있을 때 한수를 찾아온 사람이 있었다.

그는 최형진 쉐프였다.

아까 전 대기실에 들어오기 전 잠깐 인사를 나눴는데 대기실까지 찾아올 줄은 미처 예상못한 일이었다.

"형진 형, 무슨 일이세요?"

"무슨 일이긴. 네가 걱정돼서 왔지."

"예? 제가요?"

"어. 생각이 엄청 많아 보이는데? 무슨 일 있어?"

"그게…… 음, 고민이 있어서요."

최형진 쉐프가 한수 맞은편에 앉았다.

그리고 한수를 보며 물었다.

"무슨 일인데 그래? 오늘 녹화를 제대로 할 수 있을지 염려되어서 찾아온 거야."

"음, 그러니까……."

한수가 머뭇거렸다.

최형진 쉐프는 참 좋은 사람이었다.

그렇다고 해서 속내를 털어놓을 수는 없었다.

아직은 아무것도 확정되지 않은 이야기였고 괜히 이게 밖으로 퍼져봤자 머릿속만 복잡할 게 뻔했다.

실제로 자신이 뛴 연습경기가 유튜브에 떴다는 말을 들었을 때에는 기겁했을 정도였다.

"흠, 말 못할 일이 있긴 있나보네."

"미안해요. 일부러 말 안 하는 건 아니에요."

"알아. 무슨 소리인지. 근데 지금 네 표정이 며칠 전 우리 주방에 새로 들어온 막둥이 보는 거 같아서 그래."

"예? 어떤 표정인데요?"

"내가 과연 이 주방에 잘 들어온 걸까? 여기서 오래 버틸 수 있을까? 하는 근심 어린 표정."

한수가 그 말에 피식 웃음을 흘렸다.

그의 말이 납득이 갔다.

실제로 한수는 비슷한 고민을 하고 있었으니까.

그때였다.

한수 대기실 밖이 시끌벅적해졌다.

그러더니 「쉐프의 비법」 MC들과 출연자들이 다급히 안으로 뛰어들어왔다.

그들은 당혹스러운 얼굴로 한수를 보며 소리쳤다.

"한수야! 너가 걔였어?"

"예? 무슨……."

"인터넷! 안 봤어?"

"형진 형하고 이야기 좀 하느라…… 무슨 일인데요?"

한수는 스마트폰을 확인했다. 그리고 낯빛이 새파래졌다.

「맨체스터 시티가 찾아낸 한국인 유망주, 알고 보니 연예인 강한수? 레알 마드리드, 바르셀로나, 맨체스터 유나이티드 등에서도 예의 주시 중.」

불난 집에 기름이 부어졌다.

to be continued